ST警視廳科學特搜班

——

沖之島傳説殺人檔案

目次

ST警視廳科學特搜班——沖之島傳說殺人檔案

1

「所以是島上的港灣工程中有人死亡？」

百合根友久向三枝俊郎管理官詢問。

三枝點點頭。

「就是這麼一回事。」

百合根是科學搜查研究所中ST室的負責人。以警察的職務而言，相當於係長，平常被稱為頭兒，階級是警部。

雖然他是高考組，但對於ST是相當特殊的部門這個事實心知肚明——在高考組屬於B段班。他已有自知之明。

三枝在立場上雖然是管理官，但獲得科搜研的櫻庭所長提拔，現在是所裡一人之下的老二。

他是一般出身的警視。白襯衫總是燙得筆挺，西裝也不見皺摺。在百合根的印象中，他每次都打著不同的領帶。

兩人在ST室談話。三枝身旁是菊川吾郎，警視廳搜查一課的刑警。他的面孔就是典型的從基層幹起的老練刑警。

菊川總是眉頭深鎖，現在也是以同樣的表情聽著百合根與三枝的談話。

「而且，那座島在福岡縣？」

「對。」

「我們警視廳，換句話說，是東京都警察本部的人，卻要遠到福岡縣去調查當地的意外？」

菊川一張臉皺得像是吃了黃蓮，說：「還沒有確定是意外。所以有調查的必要。」

過去，這張不悅的臉總是讓百合根心驚膽跳，但現在則深知這就是他平常的表情。

「還沒有確定是意外？」

三枝點點頭。

「對。當地警方難以判斷是意外還是有人蓄意犯案，所以才會找上

ST。全國的警政單位都有鑑識組，但擁有科學特搜這個組織的，放眼全國也就只有我們科搜研而已。」

ST是Scientific Task Force的縮寫。

菊川補充道：「ST實際上也去過沖繩和奄美，還去過岡山不是嗎。」

ST的成員應該都豎起了耳朵聽百合根他們的談話。然而，他們的反應不一。

警察機關通常會將整個單位的辦公桌併起來做成一個中島，但ST室卻每一張桌子都面牆。沿著兩側的牆各排了三張辦公桌。

百合根的位子，在入口的正對面。

從百合根的位子看過去，左手邊第一位是赤城左門。他是法醫學專家，擁有醫師執照。

雖是如假包換的醫師，年輕時卻因為對人恐懼症而選擇了與死人為伍，放棄醫治活人。

他的頭髮總是有點淩亂，鬍碴也沒少過。然而，絲毫不會給人不乾淨的印象。百合根認為這反而形成了一種堪稱性感的男性魅力。

赤城算是ST的領袖。既有人望，也有決斷力。百合根認為沒有比他更適合當領袖的人物了，但不知為何，他本人認定自己是獨行俠。

現在看起來像是邊翻醫學雜誌邊聆聽的樣子。

赤城旁邊的座位沒有人。

再過去是青山翔。他是心理學專家，在科搜研負責文書，像是人物側寫等便是他的工作。

他擁有驚人的美貌，初見的人不分男女，幾乎個個都會看他看得出神。然而，他的桌子卻與他的容貌相反，亂得可以。

沒有任何文件、書籍是以同一個角度擺放的。而這座雜亂的文件小山早已崩塌蔓延到鄰桌。所以赤城和青山之間的桌子才會空下來。

據他本人的說法，這是秩序恐懼症。待在一個整整齊齊的空間會讓他極度煩躁不安，而這是潔癖的一種——這也是他本人的說詞。

青山對於百合根他們的談話似乎一點也不感興趣，正忙著繼續把桌子弄亂。然而，青山肯定正聽著談話，並且入耳不忘。
從百合根的位子看過去右手邊第一位是山吹才藏。只有他，把椅子轉過來面向百合根他們專心聆聽。
山吹理了光頭，表情柔和。一如他的外表，他擁有僧籍。
他家是曹洞宗寺院。
山吹是化學第二專員，也是藥學專家。
在ST的成員當中，他可以說是百合根唯一的心靈救贖。其他成員隨興自我，只有山吹，會關心體貼別人。
再過去，也就是百合根右手邊中央的位置，坐的是結城翠。
翠戴著耳機，她在這個辦公室時總是如此。那副耳機是抗噪耳機，也就是有消除雜音功能的耳機。
翠是物理專員，從彈道檢驗到音響分析等物理性的分析都由她負責，但她最大的特色是聽覺異常發達。
待在這個辦公室的時候翠總是戴著耳機，這是為了包括她本人在內的所有人著想。她如果不戴耳機，連電話裡另一方的聲音都會聽得一清二楚。

她能聽到一般人聽不到的高頻與低頻音。

翠穿著胸口大敞的衣服，以及極短的裙子。她的暴露穿著也是家常便飯。據說她本來是想當潛水艇的聲納手，但因為幽閉恐懼症而放棄。

她本人說，之所以衣著暴露，都是這幽閉恐懼症害的。因為連衣服都會讓她有封閉感。

翠再過去是黑崎勇治。

他的一頭長髮在腦後綁成一束。雙臂環胸，看起來好像在冥想。樣子像個武士，而實際上他也得到了好幾門古武道的真傳。

一有空，黑崎就會來一趟武者修行之旅。

他是化學第一專員，專長是鑑定化學意外、毒氣意外等事故。他的嗅覺極其發達，在科搜研被稱為「人肉嗅覺感測器」。

黑崎是個沉默寡言到極點的人，平常甚至不會應聲附和。

順帶一提，質詢嫌犯等人時，翠會傾聽對方的心跳變化和呼吸速度，黑崎則嗅出出汗和腎上腺素等亢奮物質的分泌，所以兩人被合稱為「人肉測謊機」。

「我實在不太明白。」百合根困惑地說：「如果還處在不確定是意外或蓄意謀殺的階段，當地警察應該就能處理了吧？」

「就是處理得不太順利，所以才申請協助。」

「申請協助……？找ＳＴ嗎？」

「對。ＳＴ本來是實驗性質的單位，但成立以來的成績陸續受到來自各方的高度肯定，這代表ＳＴ的名聲已傳遍全國警政單位。」

「換句話說，是需要科學搜查的案子？」

「也許是需要借助科學的力量，因為要處理的是自古相傳的風俗習慣。」

「自古相傳的風俗習慣……」

「換句話說，ＳＴ要對付的可能是神明。」

百合根吃了一驚。

「您說，要對付的是神明？」

到底是怎麼一回事？百合根完全摸不著頭腦。

港灣工程現場死了一個人。這為什麼會和神明有關？

百合根楞在那裡不知該說什麼時，聽見山吹說：

「這就麻煩了。」

百合根朝向山吹看。

同時，三枝和菊川也往山吹那邊看。

山吹一派淡定地說：「對付邪惡，反而容易。但是要對付神聖，就必須有莫大的決心了。」

菊川說：「你是和尚，神不在你的管轄之列吧？」

山吹搖搖頭。

「佛性和神性本來都是一樣的，都是對神聖的崇拜與畏懼……只是感應、接受到這些的人加諸以各種不同的解釋罷了。」

「那麼，你也會害怕神的懲罰嗎？」

「會敬畏，但不覺得恐怖。」

「那還真叫人安心啊。」菊川語帶諷刺地說：「既然不怕神明降罪，那就簡單了。看來你們還是要出動。」

「請等一下。」百合根說：「是港灣工程中發生的事不是嗎？那怎麼會變成要對付神明？」

這時候，青山說話了：「頭兒好遲鈍啊。」

他一邊說，雙手仍舊擺弄著桌上的東西。

「遲鈍……。是啦，我知道自己不是腦袋靈光的那種人……」

青山沒停下手繼續說：

「也就是呢，他們是在哪個神聖的地方施工吧？然後，就算想調查，卻遇上當地風俗來妨礙。應該是有什麼根深蒂固的信仰或風俗，讓當地的警察不敢出手吧？地方警察的原則是在地深耕不是嗎？既不想惹居民反感，卻又不能不調查。這時候，找ST來就方便了。反正是外地人，最重要的，ST是標榜科學啊……」

原來如此。

雖然他的說詞對上司而言可能失禮了些，但百合根滿心佩服。

「是這樣嗎？」百合根問三枝：「就像青山先生剛才說的……？」

「日本是個很麻煩的國家……。因為整個國家形同是由種種風俗習慣凝聚起來的。無論去到哪個地方，都有當地的傳說，也有那個傳說的禁忌。就像青山剛才所說的，地方上的信仰和風俗是根深蒂固的。就算日常生活不怎麼在意，但一旦發生犯忌的事，居民一定會反彈。」

「好比說呢……」

菊川仍舊是一張眉頭深鎖的臉。

「假設附近有個小神社，平常也不會去參拜。可是，要是有人說要砍掉那裡的神木，當地人無論如何就是會反對。」

百合根點點頭。

「的確，這種情況不難想像。這也是因為怕神明降罪嗎……」

「能不碰就不碰啊。」

百合根被勾起了一點興趣，問山吹：「這方面你認為呢？如果砍了神社的神木，神明真的會降罪嗎？」

「會。」

山吹答得乾脆。

其實，百合根是希望他否定的。

「果然會啊……」

「人只要活著，很遺憾，就是免不了天災人禍。會有人生病、有人受傷。要是沒出什麼事，人們也不會去怪罪什麼。但是，就像菊川先生剛才舉的例子，要是在砍了神木之後出了事，人們就會想：啊啊，這果然是神明降罪。換句話說，人們心中是認為神明會降罪的。要是曾經發生這樣的事，一代又一代口耳相傳下來，就會變成傳說。」

「哦，原來是這樣……」

聽到這番合理的說明，百合根稍微放心了。

「而且，」山吹的話還沒說完：「樹是不能隨便砍的，不然很可能會破壞當地的生態系。我們常說鎮守森林自古便存在，那是因為守護了森林，也等於守護了種種事物。鳥類有地方能築巢，能將害蟲的危害控制在一定的程度之內，有森林樹木在地底扎根，也能防止土石流的發生。即使只是一棵樹，也不能輕慢以待。砍掉神社的樹，對環境會造成什麼影響我不知道，但如果說所謂的神明降罪是人為行動的惡果，從這個觀點來看也是有可能的。」

山吹的話深入淺出，而且，總是能讓百合根安心。

「票已經訂好了，請立刻準備出發。」

「了解……」

百合根還沒說完，就聽到赤城低沉宏亮的聲音。

「命案是什麼時候發生的？」

菊川回頭，看著赤城說：「還不確定是不是命案。」

「我問的不是警方是否認定為正式的命案。我是問那件事是什麼時候發生的。」

三枝回答：「昨天，也就是三月十二日星期一，屍體是下午五點半左右發現的。當天的工作結束，作業員正準備收工時發現的。」

「屍體的狀態呢？」

「據說是浮在施工中的港口。」

「我想知道的是屍體現在位於何處。」

「這一點不清楚。應該是在醫院或警署的停屍間吧。」

赤城轉向百合根。

「既然現場沒有屍體可看，我就沒興趣了。」

「屍體浮在海上，要看現場應該是不可能的。從發現屍體到現在也有好一段時間了……」

「我是法醫學者，有屍體才有我的事。既然不能驗屍，我就沒有必要去。」

百合根還沒回答，菊川便說：「又說這種話，五個人到齊才叫ST啊。」

「工作沒必要集體行動，各自把該做的事做好就行了。」

三枝說：「屍體應該還沒有解剖。視情況，可能要請赤城動刀。」

赤城眼睛一亮。

「那就另當別論了。」

百合根不禁問三枝：「您說要讓赤城先生解剖，真的嗎？」

「赤城是醫生，而且又是法醫學者。沒有不能解剖的理由吧！」

三枝向百合根橫了一眼。

百合根心想：糟了。

三枝是為了鼓動赤城才這麼說的。是不是真的要讓赤城解剖，三枝怎麼可能知道。

翠摘下耳機。

「你們剛才提到票對不對。」

百合根、三枝、菊川三人又同時朝聲音的來源看。

看來翠就算戴了抗噪耳機，還是聽得到百合根他們的談話。

「該不會是機票吧？」

三枝回答：「當然是機票。我希望你們盡快與縣警會合。」

「我不坐飛機喔。」

翠有幽閉恐懼症，所以非常討厭飛機。所謂的幽閉恐懼症，似乎不單單只是討厭狹小的地方而已。

當必須待在無法自由出入的空間時，也會非常痛苦。光是聽到「被關起來」，翠就會臉色發青。

「別這樣……」

百合根慌了。

「莫斯科妳不也去了？」

「出國我也只好認了。可是，這回是去福岡不是嗎？那裡有新幹線可以到。」

菊川說：「這太浪費時間了，我想盡快到當地。」

「討厭就是討厭。」

「別擔心。」赤城說：「我開安眠藥給妳，還沒睡醒福岡就到了。」

真現實，一聽到能解剖，赤城就一心想去了。

「還沒睡醒就到福岡？那豈不是綁架嗎？」

「哪裡是綁架了？我是好心才提議的。」
「不要搭飛機不就好了。我要搭新幹線去！」
三枝瞄了百合根一眼。雖然什麼都沒說，但百合根感覺得出他是質疑百合根對部下的管理能力。
百合根說：「拜託，請和大家一起行動。」
說完，才想到「拜託」是多餘的。
菊川說：「單獨行動，豈不是教人擔心嗎……」
「我又不是小孩子。」
「不是啦，那個……。人生地不熟的，能不能好好抵達約定地點等等，都要額外費心注意啊。」
「哦……」
翠輪流看著菊川和百合根。
菊川尷尬地轉移視線。
終於，翠對赤城說：「真的要開安眠藥給我喔。」

聽到這句話，百合根才鬆了一口氣。

山吹想必不會反對出差，黑崎更是言不出也必行的人，他們倆都沒有問題。

只剩青山。

百合根懷著祈禱的心情對青山說：「……所以，我們要出差，有沒有問題？」

青山回答得乾脆。

「沒有，我可以馬上出發。和神明對決，不是很有趣嗎。」

2

所有人都先回家一趟，收拾準備好行李，再到羽田集合。

菊川說他沒有回家的必要，留在警視廳。

刑警隨時都會做好外宿的準備。

一旦遇上有案子成立專案小組，當天起就要留宿，而且有時候也要臨時值班。

ST既有「特搜」之名，有時候也會加入專案小組。

百合根雖然認為自己也應該像菊川那樣，平日就做好準備，但總是不了了之。

百合根決定回家一趟。

羽田機場的集合時間是下午五點半。一行人預定搭乘六點十分起飛的班機，於七點五十五分抵達福岡。

這會是為期多少天的出差呢？

如果只是要查出是意外還是蓄意造成的非自然死亡，那麼三天應該就綽綽有餘。

萬一超過三天，可以在當地洗衣。因此百合根帶了三天份的內衣褲和襪子。

白襯衫兩件，備用領帶一條。

西裝則是身上這套就夠了。像這種場合，西裝很方便。男性的正式服裝設計合理簡便。這一點，女性就相當麻煩。百合根忽然想到翠。翠的衣服應該不會占行李太多空間吧。她的衣著暴露，布料的用量相對較少。

百合根猶豫著不知該不該帶大衣。

東京還很冷，百合根都穿著插肩袖大衣（Stand-collar coat），但也許福岡很暖和。

可是，現場位於海岸。

玄界灘給人寒風刺骨的印象，百合根決定帶大衣去。

還有，也決定帶小型筆電，那是他在家裡用的。

接著檢查是否忘了什麼。

雖覺得好像忘了什麼，但外出旅行的時候總是如此。比較容易忘記的，是手機充電器之類的小東西。

不過，充電器到了當地隨便都有吧。

雖說是出差，但做的事和平常的工作沒有兩樣。說得極端一點，只要人去了其他事都好解決。好，準備萬全了。

百合根從家裡出發，前往羽田機場。

最先來到集合地點的是山吹。令人驚訝的是，他一身僧衣。

「怎麼了？」

「啊，因為無論如何都必須代家父去誦經……。對佛祖雖然失禮，但我匆匆換了衣服誦完經，就直接趕來了。不過，這是僧侶的正式服裝，無論走到哪裡，出家人都是這身打扮，所以應該沒關係吧。」

回到家準備出差，家裡的寺院卻突然有事。即使如此，還是頭一個在集合地點現身，這完全是山吹的行事作風。

其次到的是菊川。他肩上只背了一個小包包，不愧是慣於旅行的人。

菊川看到山吹的穿著，臉上閃過一陣驚愕，但對此隻字不提。

「其他人還沒來嗎？」

菊川這樣問百合根。

「對，還沒來，距離集合時間還有五分鐘。」

「所謂的旅行，應該要預留時間行動才對。」

「不用擔心，我們的集合時間已經預留了……」

集合時間到的同時，黑崎與赤城到了。

赤城對山吹說：「你要這身打扮去？真是幹勁十足。」

做什麼事的幹勁啊……。

「不是的，剛好家裡有點事……」

「哦……原來如此。不過，也許可以給福岡那些人來個下馬威。」

「下馬威……」百合根吃驚地說：「我們又不是去打架的。」

「頭兒，我是說到人家的地盤，氣勢不能輸。」

黑崎背著一個較大的背包，但行李還是很輕簡。

他也是因為武者修行而慣於旅行的人。

集合時間過了，青山和翠都沒有出現。

菊川不耐煩地說：「女人遲到我可以想像，但青山為什麼遲到？」

比起他們兩個沒來，百合根更怕菊川心情不好。

「沒問題的。距離出發還有一段時間……」

翠遲到了五分鐘出現。

見菊川的表情緩和了些，百合根也鬆了一口氣。

翠拉著一口登機箱。

「我晚了一點。」

菊川回答：「還好，還在容許範圍內。不過，青山還沒來。」

赤城回答：「我們先去登機口吧。他也不是小孩了，不用管他，他自己會登機的。」

赤城對於人與人之間的往來交際總是很冷漠。

百合根說：「再等一下吧。」

「我看，他會到起飛前才來。」

「可是，他是知道集合時間的……」

「他才不管這些。你覺得他是能很快收拾好行李的人嗎？」

百合根試著想像。雖然沒親眼看過青山的房間，但一定亂得很恐怖吧。

青山當然是要從中找出必要的東西，再裝進包包裡，但百合根實在很難想像他能有效率地收好行李。

最近國內線班機已經不必非到櫃檯辦理登機手續了。可以選擇從自助報到機列印登機證，或是拿電腦印出來的二維條碼在機器前照一下，就能登機。手續簡化是很好，但一開始百合根相當不知所措，要花時間才能適應這些方便。

「我要先走了。」

赤城擅自走向入口。

「等一下！」翠說：「你答應給我安眠藥的。」

赤城隨手伸進口袋，拿出了藥。只有兩顆。

「這是正式處方嗎？」

「醫生給的就是正式的。一次一顆，最少要隔四個小時再吃第二顆。」

赤城把藥遞給翠，便頭也不回地走了。

菊川看著他的背影說：「這些人以為集合時間是為了什麼訂的？為什麼就是不能好好團體行動？」

百合根不禁道歉：「對不起。」

「你用不著道歉。那，怎麼辦？」

「我想赤城先生說的對。青山先生可能要很晚才會來，也許我們先去登機口比較好。」

「真是的，他們以為集合時間是為了什麼訂的……」

菊川又說了一次。

一到登機口，只見赤城坐在椅子上望著窗外。

好一幅如詩如畫的情境。

ST沒有任何人去叫赤城，赤城也一副對他們毫不在意的樣子。

ST的成員絕不會膩在一起，但他們之間的確有神奇的團結力量。

在ST成立之初，百合根還以為要讓他們形成一個團隊是不可能的事。自己實在無法勝任……。

然而，用不著讓他們形成一個團隊。該做的事他們總是表現得超乎預期，也會互助合作。

他們肯定彼此相互關心，卻絕少表現出來。

他們根本不考慮表面上的來往。百合根知道，他們心中有著更深層的連繫。

正要開始登機時，青山來了。

菊川一看到他就說：「為什麼不照約定好的時間來？」

青山一臉不以為意。

「我有趕上飛機不就好了嗎。」

「你都沒想到別人會擔心嗎？」

青山一臉驚訝地看著菊川。

「你很擔心我嗎？」

菊川有點不知所措。一定是因為青山的美貌吧。

「沒照約定的時間到，誰都會擔心啊。也不知道該先走還是該等……」

「既然都在這裡見到了，就沒問題了啊。現在也不必在櫃檯辦登機手續，以後我們直接約飛機上就好了。」

百合根認為這倒是言之有理。

然而，菊川顯得不以為然。

「別辯了，既然約定好了集合時間，就要好好遵守。」

「可是我覺得沒有意義啊……」

「社會人就應該要這樣。」

不久，開始登機了。長長的隊伍往登機口移動。

突然，翠說：「我還是不要。」

百合根嚇了一跳。

「不要什麼？」

「不要搭飛機。」

「都這個節骨眼了。」

「頭兒不明白我的痛苦。」

「我是不明白嚴重幽閉恐懼症的人的心情，可是赤城先生不是給妳藥了嗎？」

「別管她了，我們走我們的。」

身後響起赤城的聲音。

百合根回頭說：「別管她……？」

「恐懼症的痛苦別人是無法理解的。那種痛苦難以忍受。既然她說不想搭飛機，就只好把她留下來。」

青山說：「對啊，搭新幹線趕來就好。就算再加上羽田到品川車站的時間，頂多晚個三、四個小時就趕得到啊。」

「這是什麼話……」菊川說：「不能一起來？別鬧了。」

翠啃著大姆指的指甲，一副心事重重的樣子。

「我要先走了。」

赤城又頭也不回地往機艙走。

黑崎也無言地跟過去。

「我也要走了。要是趕不上飛機，又要被大家罵。」

青山說完，也走了。

「那麼，小僧也先走了……」

連山吹都留下翠，向機艙前進。

百合根對翠說：「無論如何都不行的話，請妳像青山先生說的那樣，搭新幹線來。請發簡訊或打電話告訴我妳幾點會到福岡，好嗎？」

菊川說：「我跟妳一道吧？這樣警部大人也比較放心。」

「咦？菊川先生要跟翠小姐一起……？」

「總不能讓女人家一個人去……」

話說得吞吞吐吐的。

就在這時候，翠抬起頭來。

「好，我上飛機。可是，要有人握著我的手直到我睡著。」

菊川點點頭。

「好。」

過去同樣的事也發生過幾次，不知不覺，這樁差事就歸菊川包辦了。

總之，這樣就能順利出發了。

唉，光是出發就這麼大費周章……。

百合根在心中喃喃自語：前途堪慮啊。

飛機準時抵達福岡機場。領了託運行李，來到機場大廳時，大約是晚間八點半。

「應該會有人來接……」

菊川環視大廳。大廳內算不上擁擠。

「請問，幾位是警視廳的人嗎？」

聽見有人對他們說話，百合根便轉過頭去。

只見一個約莫四十多歲將近五十歲的人站在那裡。

百合根回答：「是的，我們是。」

「是ST的各位吧？」

菊川答道：「只有我是搜查一課的……。您是福岡縣警嗎？」

「是的，我姓高木。」

高木看到一身僧衣的山吹和露出大片肌膚的翠，顯得有些困惑，呆立片刻，但重新打起精神，向所有人一一遞了名片。

他是福岡縣警搜查一課的刑事部長，階級比百合根低兩階，全名是高木貞義。百合根心想，好像戰國武將的名字啊。

「我們備了車。這邊請。」

停在門廊的是一輛漆成黑白雙色的廂型車，車頂架著警示燈。

「哇嗚，警車！」青山說。

高木一臉驚愕地看青山。

「警車很稀奇嗎？」

「沒什麼機會坐啊。」青山回答。

高木露出看到什麼耀眼之物的表情。

初次看見青山的人，大多會有類似的反應。

應該是那驚人的美貌令人睜不開眼吧。

「沒什麼機會坐警車……。那麼警視廳都是怎麼移動的？」

「很少會所有人一起移動啊。就算要到現場去，通常也是大家各別去……」

「這樣啊……」

高木以不甚了解的表情坐進了駕駛座。

翠顯得很憔悴。

她在飛行途中一直睡，也許是安眠藥的藥效尚未退盡。

百合根坐上副駕駛座，問高木：

「我們現在要到縣警本部嗎？」

高木訝異地看百合根。然後，朝坐在百合根後面那個位子的菊川看了一眼。

顯然，他以為菊川的階級在百合根之上。

菊川似乎也感覺到了，便說：

「我是警部補，百合根是警部大人，是高考組的。」

高木吃驚地看了百合根，然後改變了態度。

「原來是警部嗎，失禮了。」

百合根又問了一次同樣的問題：

「我們現在要到縣警本部嗎？」

「不，今天已經很晚了，我會帶幾位到飯店。」

百合根楞了一下。

他一心以為會立刻投入工作的。

「那麼，到了飯店之後，至少請告訴我們屍體的詳細資料。」

「是……」高木邊開車邊回答：「如果各位不嫌棄，便由我來向各位說明……」

這說法聽起來沒什麼自信。也許他是謙虛。

廂型車停在JR博多站附近一家飯店的大門口，沒有開進停車場。
警車應該不會因為違規停車被拖吊吧。
「那麼，請先辦理住房手續。」
高木走向櫃檯。百合根他們也跟上去。
「好，放了行李，找個地方集合吧。」
辦完住房手續，菊川說。
「去吃飯吧！」青山說：「我好餓。」
聽他這麼一說，才想到還沒吃晚飯。
百合根對高木說：「邊吃飯邊請高木先生幫我們說明，如何？」
「我是沒問題……」
「那就這麼決定了！」青山說：「難得來到福岡，我們去中洲吧！」

3

青山很想去吃路邊攤，百合根拚了命才說服他在那裡談不了事情。

結果，說起既然來到福岡不能不嘗嘗雞肉鍋，一行人便去了一家高木認識的店。店裡的包廂與其他座位有些距離，可以放心說話。

他們各自點了飲料，又點了一人一份雞肉鍋。

ST成員都點了酒。

百合根也點了啤酒，但必須聽高木詳細說明屍體情況，便決定小酌就好。

雞肉鍋上桌了。

店家幫忙盛到小碗裡，並建議先品嘗濃醇的雞湯。濃郁的滋味令人驚豔。

店員也幫忙將雞肉和蔬菜加進鍋裡。並不是隨便放，看來食材下鍋是有順序的。

用餐期間，店員會進出包廂，因此並不方便談案件。

吃完雞肉鍋，續了飲料，百合根便問高木：

「所以是某座島上正在進行港灣工程，過程中有人死亡，是嗎？」

「是的。」

「……然後，難以判斷是意外死亡，還是人為蓄意……」

「是的。」

「屍體已經驗過屍了嗎？」

「我們大致驗過了。」

赤城說：「還沒解剖吧？」

高木回答：「還沒有。如果是意外死亡，就沒有必要特地花錢費事去解剖，如果是人為蓄意，就要送司法解剖了。現在還沒有做出判斷。」

刑事案件的屍體送司法解剖的比率稱為司法解剖率，這個比率全國平均還不到百分之五。

都市越大比率便有越低的傾向，而全國最低的竟是警視廳的百分之一點三。

這就意味著犯罪都集中在首都圈等大都市。分母的屍體數量是十倍、百倍之數。

順帶一提，司法解剖率最高的，是秋田縣警的百分之十一點九。

赤城點點頭說：「我來執刀。」

「咦……？」

高木睜大了眼睛。

百合根解釋：「赤城是法醫學專家，也擁有醫師執照。」

「那，費用呢……？」

「這是屬於調查的一環，就算進行解剖了，也不會收費。」

「那真是太好了……」

解剖率之所以無法提升，原因在於費用和醫師人手不足。要解剖，就必須動用調查經費。然而，若去問醫生，他們則會說那樣的金額根本不符成本，形同做義工。

所以目前是處於付費的一方已竭盡全力，而收費的一方卻實在無法接受的狀態。

「我想不通的是，為什麼無法判斷是意外還是蓄意的這一點。情況有這麼困難嗎？」

「很困難。」

「現場偵查已經完成了吧？」

「這個，其實我們偵查員還無法登上那座島。」

「是因為天氣還是什麼關係？」

「不，是因為得不到許可。」

「許可……。什麼許可？」

「社務所的許可。」

「社務所……？神社的社務所嗎？」

「是的。」

「為什麼警方辦案需要神社的許可？」

高木顯得有些不知所措，說：「那、那個……，您不知道嗎？」

百合根還沒回答，菊川便說：「我是想，既然都要來了，不如向當地人問正確的訊息，所以還沒有向警部大人說明狀況。」

現在，百合根終於有點明白為什麼之前會提到對付神明、以及遭到神罰之類的話題了。

「換句話說……」百合根說：「死者死亡的島，是在神社的管轄之內？」

「……應該是說，整座島就是神體。」

山吹說：「整座島就是神體……。原來如此，是宗像大社啊。」

「宗像大社……？」

百合根不禁以問句重複山吹的話。

神社的名字他當然聽過。但是，他不清楚那是個什麼樣的地方。

「不好意思，」百合根對高木說：「我們匆忙趕來，沒有時間事先調查……」

這句話也許聽起來很像藉口。

看來，菊川早就知道那座島在哪裡。

這就表示三枝當然也知道。

如果最早知道這件事時，聽說了宗像大社這個名稱，應該不至於連稍微了解一下背景的時間都沒有。

三枝和菊川為什麼不告訴我呢？——百合根心想，等一下有必要問問菊川。

高木聽了百合根的話，說：

「宗像大社，是宗像市田島的邊津宮、筑前大島的中津宮，以及沖之島的沖津宮這三座神社的總稱。三座宮分別祭祀天照大神的三個女兒。邊津宮是市杵島姬，中津宮是湍津姬，而沖津宮是田心姬。」

「在沖之島上，有人在施工中死亡……。是這樣沒錯吧？」

「是的。」

高木用力地點頭。

「我明白那是個神聖的場所。可是，警方要調查卻需要社務所的許可，這一點我不太能接受。」

「沖之島除了幾個例外，誰都不得上岸。」

「不得上岸……？」

百合根皺起眉頭。

「是的，除了宗像大社的神官之外，基本上都不能上岸。尤其是女性，絕對禁止。」

「你剛才說有例外？」

「每年五月二十七日的大祭，允許約兩百人參加。這場大祭開放給全國報名，據說報名人數多達一萬人。」

「一年只有一天……？而且才兩百人……」

「上岸的時候，必須遵循傳統儀式淨身。每個人都要脫光衣服下海。」

「脫光衣服嗎……？」

「是的，必須一絲不掛地下海。」

「如果我們為了調查上岸，也要那樣淨身嗎？」

「當然。」

百合根很吃驚。他沒想到這年頭還有這種地方。

高木繼續說：「還有另一個例外。在大祭之前，會由義工清掃社殿，還有就是像這次的港灣工程。由於沖之島是海上交通要衝，也被國家指定為緊急避難港。」

「那麼，像是暴風雨的時候，也會到沖之島緊急避難吧？」

「即使是那樣的場合，事後也必須向宗像大社的社務所報告，取得同意。還有，上岸的時候，一樣也必須遵循傳統儀式。」

青山突然說：「因為暴風雨來避難的人要怎麼淨身？總不會叫人在暴風雨當中下海吧？」

高木回答：「所謂的緊急避難港，是船隻避難的場所。船員不見得會上岸。」

「可是，萬一非上岸不可呢？」

「我想應該還是會遵循儀式的。」

「哦……」

青山睜大了眼睛。

「沒有迎合現代而慢慢變形、仍然清高自持這一點，真好。」

「那我是為了什麼坐飛機的？」翠說。

百合根打了個冷顫，朝翠看去。

翠滿臉怒氣。

也難怪。為了搭她最討厭的飛機，她還要赤城幫她開安眠藥。結果來了卻發現，女性禁入現場。

就算他們得到許可，能夠登島調查，ST當中也只有翠不能上去。

「因為祀奉的是女神啊……」菊川說。

翠瞪著菊川。

「那又怎樣？禁止女人上岸實在太可笑了。把那個女神帶來啊！我來跟她講清楚。」

「別胡說了……」

菊川皺起眉頭。

「神明是要怎麼帶來？」

「那就把那個什麼碗糕神社的神主帶來啊！」

「就算叫了神主來，我想情況也不會改變。這個風俗恐怕是很久之前就傳下來的。」

「那我要回去了。既然不能看現場，我待在這裡也沒用。」

菊川語塞，一副無言以對的樣子。

百合根也不知道該說什麼才好。

翠還在昏昏沉沉，等她清醒了也許就會改變心意——他只能這樣期待。

山吹說：「翠小姐如果想回去，我們也無力阻止，不過，我想一定會有需要翠小姐的地方。」

「又不能去現場，怎麼會需要我。」

「是意外，還是蓄意……。為了判斷，也許有勘查現場的必要。問題是在勘查完之後。」

「之後？怎麼說？」

「假設案件是人為蓄意，而且是殺人命案……。在這個狀況下，我們當然要協助偵辦。一旦要偵辦，一定會有翠小姐不在就很難辦的狀況。」

翠舉起大杯生啤酒猛灌，然後用力把啤酒杯往桌上一放，說：

「要假設也假設不完啦。」

「雖然是假設，但我想可能性相當高。」

翠皺起眉頭。

她雙眼發直。也許不光是酒的緣故，應該也有生氣的成分在。

「這你怎麼知道？」

「否則，就不會把我們從東京找來了。」

百合根不禁朝向山吹看。

不止百合根，菊川、赤城和黑崎也注視著山吹。

只有青山一副漠不關心的樣子，攪著鍋內剩餘的食物。

翠對山吹說：「什麼意思？你是說，福岡縣警認為這是起殺人案？」

百合根問高木：「是這樣嗎？」

高木有些驚慌狼狽，回答道：「不，到底是不是殺人還很難說……」

菊川說：「山吹言之有理。如果很可能只是一般意外的話，就沒有必要花錢費事把ST從東京叫來了。」

「我們的確懷疑有人為蓄意的可能。可是，真的就只知道這麼多了。畢竟，都還看不到現場……」

「不能看現場，也有很多事可做。」

聽菊川這麼說，高木點點頭。

「當然，訪查從事港灣工程的人、調查死者背景等等我們已在進行。目前考慮的是向所有了解現場的人進行訪查，試著重建現場。」

「那麼，目前有什麼收穫……？」

「詳情明天會在縣警本部宣布，但我們一直問不出死亡時的狀況。」

「你是說，不知道狀況？」

「是的。工程從清晨一直進行到傍晚，晚上作業員會搭船回來。發現屍體是在工程第一天的傍晚。」

百合根問：「死亡的是作業員嗎？」

「是的。為了進行港灣工程，雇用了好幾位潛水夫，死者就是其中一人。」

「潛水夫啊。那麼，死因是溺斃嗎？」

「發現時，身上並沒有潛水用具。而且頭部受傷，浮在港裡。」

「頭部受傷……？這是死因嗎？」

「是不是直接的死因還不知道。但是，我們認為恐怕是原因之一。可能是因為什麼原因而撞到頭，墜海死亡。我想這是最自然的想法。」

菊川問：「問題就在於那個什麼原因吧？」

「是的。」

「你剛才提到一件奇怪的事。」赤城對高木說：「你們一直問不出死亡時的狀況？」

「是的。」

「這是為什麼？」

高木還沒回答，山吹便說：「原來如此，是『說不得』嗎。」

赤城反問：「說不得……？」

「是的。」

高木點點頭。

「沖之島自古也稱為『說不得』，在島上看到、聽到的事，到了島外絕對不能說。一直到今天，這裡的人依然堅守這個風俗。」

百合根皺起眉頭。

「在島上看到、聽到的事到了島外不能說……？這樣的話，既不能詢問，也問不出目擊證詞了啊？」

「是的，正是如此。而且，還有嚴格的規定，不得將沖之島的一草一木帶出島外。所以……」

菊川呻吟般說：「這樣鑑識要怎麼做事？」

「就是啊。」

高木神色嚴肅。

「來自東京的各位也許會覺得可笑，但在我們這裡，要是不遵守這些規定，甚至會對日常生活造成影響。」

山吹點點頭。

「也就是，可能會被地方社群孤立吧？」

「正是如此。自古以來的傳說深植於地方上人們的心中，我們無法忽視。」

百合根說：「可是這是警方辦案啊，還是非遵循不可嗎？」

高木神色轉為悲傷。

「地方的風俗和傳統，有時候是優先於法律的。」

「優先於法律？」

「沖之島的淨身，換個角度來看，也許算是有些違法。但是，就算警方加以取締，這個風俗也絕不會消失。」

「是嗎……」

百合根對此感到懷疑的同時，也產生了些許反感。因為他心想：為法律服務的警察說這種話不太好吧？

只聽山吹說道：「我想高木先生說的，是深入地方在地生活的人們的實際感受。」

「這個我不是不明白……」

「若是讓法律優先於傳統，那麼女性不能當神主、不能當相撲的行司、不能當歌舞伎演員，就太奇怪了。因為這樣明顯觸犯了性別工作平等法。而大多數山上的靈場，則和沖之島一樣嚴禁女人涉足，這也會變成歧視女性。相反的，沖繩的靈場只有女性才能進入，而被稱為諾羅的神官也只有女性才能擔任。從性別工作平等法來看，這也不太妥當。」

「話是沒錯……」

「風俗習慣或宗教上的規定，都是遠在法律出現之前便自然形成。也許曾經是當地人的生活智慧。」

「可是……」

一直對他們和高木的談話顯得漠不關心的青山開口了：

「就是為了打倒這些風俗習慣和宗教上的規定，才會把我們叫來的吧？」

「咦……？」

百合根不禁盯著青山的臉看。

青山進一步說：「我們就是來打倒神的，不是嗎？」

高木點頭。

「各位是來自科學搜查研究所的科學特搜班。說實話，我們猜想各位應該不會在意我們不能觸碰的那些宗教禁忌。」

「原來如此……」山吹說：「宗教與科學嗎。這是古今東西方歷久不衰的議題。教會以地動說違反天主教教義為由，視現代科學之父伽利略為異端分子並加以審判。伽利略雖被迫宣誓放棄地動說，但至今還流傳著他當時曾喃喃低語地說：可是，地球明明在轉動啊。」

「有好幾個科幻作家都指出宗教是由空洞化、形式化之後的科學形成的。」青山說：「代表作就屬艾西莫夫（Isaac Asimov）的《夜幕低垂》了。」

翠問：「那是什麼？」

「是一個有六個太陽的行星凱葛星球的故事。因為有六個太陽，所以凱葛沒有黑夜。然而，因為日蝕，每兩千年黑夜會降臨一次。屆時，凱葛的人會怎麼樣呢……。那個行星上，有一個宗教的教義是每兩千年就會有『末日』降臨。考古學家發現每兩千年就會有一座化為廢墟的古代都市。天文學家則發現每兩千年就會有一顆行星靠近。然後，心理學家發現凱葛的人們的精神構造無法承受黑暗……」

「哦……」

「最後，黑暗因日蝕而來臨。人們看到夜空中無數的星星，因為恐懼而心智失常，導致文明毀滅。艾西莫夫以這個故事，突顯了宗教與科學的對立。」

百合根記得他也看過這部小說，這部小說應該也曾拍成電影。

宗教與科學對立這種事，電影留下的記憶比小說鮮明得多。

不，現在不是想這些的時候。

高木是說，福岡縣警認為ST就能坦然無視禁忌的存在。所以是縣警不敢出手，就推給ST嗎？

他們是科學辨案的專家，也許不能怪別人對他們有這樣的期待。

「你說，現在正在徵求宗像大社社務所的上岸許可？」

百合根問高木。

「是的。」

「你們認為，如果是我們的話，就算沒有許可也可以上岸去調查現場，是嗎？」

高木思索片刻。

「老實說，我們不知道該如何是好。到底應該安分等許可呢，還是不顧一切直闖現場調查……」

高木真的顯得萬分為難。

4

說好第二天早上九點高木來飯店迎接，所以大家決定八點五十五分在大廳集合。

首先來到大廳的是百合根，差十分鐘九點。接著搭電梯下來的是菊川和山吹。

百合根很擔心青山。

他是趕上了飛機，但打從一開始他就不理集合時間。所以百合根才會擔心。

八點五十五分整，隨著赤城、黑崎、翠的來到，青山也出現了。可見他並不是對準時集合全然不理。

青山有自己一套合理的考量吧。他在羽田機場沒有照約定時間準時出現，是因為飛機的時間是固定的，不必特地另外約集合時間。

青山一定是這麼認為的。

九點整高木來了。百合根一行人坐上漆成黑白雙色的小巴。福岡縣警本部距離飯店車程約十分鐘。最近的車站是JR吉塚站。有一個叫作縣廳北的平交道，旁邊就是占地廣闊的縣政府。建築四周有一圈綠地，可以望見現代化的縣政府佇立在樹籬、草地和樹叢之後。

隔著馬路對面是東公園，縣警本部周圍給人綠意環繞的印象。

高木將百合根一行人帶到刑事部的會議室。桌子排成羅馬字母的O形，大約可容納二十人開會。

百合根與菊川並肩而坐，菊川坐在他右側。左側是赤城，赤城再過去依序是山吹、翠、青山、黑崎。

窗外是綠油油的公園。等了一會兒，高木與兩名男子一起出現。兩人的位階顯然比高木高。其中一人的個子很矮，呈桶狀體型。日漸稀薄的頭髮近乎神經質般一絲不亂。

另一位則個子很高。年紀大約超過四十五歲，百合根認為，就年紀而言，他的體型算是維持得很好。

「我是搜查一課的課長，安川。」矮壯的那位說：「不好意思，勞駕各位遠道而來。」

語氣聽起來倒是不怎麼不好意思。

安川接著介紹他旁邊那名男子。

「這是守口，負責這次案件的係長。」

守口輕輕點個頭。

百合根介紹了菊川和ST的成員。

山吹今天並沒有穿僧衣，但氣質仍與一般人不同。

翠一如往常太過暴露。

赤城也和平常一樣，一頭微亂的頭髮，一臉鬍碴。

黑崎的長髮在腦後綁成一束。

青山則是美貌驚人。

安川和守口看到ST的成員，露出困惑的神情。

跟高木當初的反應幾乎一模一樣。

安川把視線轉回百合根，說：「所以你是負責人囉？」

百合根瞬間猶豫了一下，結果還是點點頭。

「是的，我想是這樣。大家都叫我頭兒。」

「頭兒……好像報社啊。」

安川露出帶點諷刺的笑容。

「是的。在組織上我是係長，但也不知是誰開的頭，不知不覺就習慣叫我頭兒了……」

「那麼，我們的要求只要告訴你就行了是吧？」

要求……。

百合根心想，這個說法滿不討喜的。

ST純粹是為了協助福岡縣警辦案而來。

在警視廳裡也是一樣。ST雖有特搜班之名，但成員並非警察，而是研究員，屬於一般職員。

所以他們不會直接辦案，他們的角色純粹是協助辦案。

要求這個字眼，讓人感到「接下來可是會好好使喚你們」的意味，或者，福岡縣警意圖將把這整個案子全都推給ST，只出一張嘴下令。

應該不至於吧……。

「那麼，由守口係長來說明詳情……」

守口發了資料。

第一頁上寫著課長和係長的名字，百合根因而得知他們的全名。課長名叫安川遼平，係長是守口武治。但武治是唸作「takeharu」還是「takeji」呢……。

百合根看著資料這樣想。

守口開始說明。

「正如資料上所示，屍體是在前天發現的。警方在當天下午五點五十分接到通報。報警的是進行工程的木土建築公司的現場監工。」

百合根問：「是怎麼聯絡的？」

「用手機。」

「沖之島收到得訊號？」

「是的。那裡有水也有電，有NTT的設施，所以手機也有訊號。」

百合根吃了一驚，心想：原來禁忌之島這麼文明。

「那位現場監工，發現屍體就立刻打電話報警嗎？」

「打撈了屍體，安置在船上之後才打電話的。他說，過程大約花了十分鐘。」

菊川對守口這些話做出回應。

「把屍體安置在船上？他們擅自這麼做？」

守口看著菊川。

「我懂你的意思。可是，島上沒有警察。就算立刻趕過去也要兩個鐘頭。而且，就算到了島那邊，也不知道能不能上岸。所以，不得不交由作業員判斷。」

「那就要當作現場已經被破壞了……」

「現場監工帶著數位相機，所以偵查員指示他盡可能多拍現場的照片。我們已經取得那些照片了。」

「數位相機的照片只能作為參考，無法作為證據。」

「這我知道，福岡縣警的鑑識和科搜研也是用底片相機。只是，這次是不得已的權宜之計。」

菊川沒有再多說。

百合根對守口係長剛才的話產生了疑問。

「您說科搜研？福岡縣警也有科學搜查研究所嗎？」

「有啊。」安川課長說：「你不知道嗎？」

百合根覺得他是責怪自己無知。

「不好意思，我不知道。」

「分為法醫、化學、物理、人文、心理這五大部分。」

百合根心想，和警視廳的科搜研一樣。

「既然有科搜研，就不必特地把我們從東京找過來……」

安川課長說：「我們是有科搜研，但是沒有科學特搜班。」

「噢……」

百合根不敢再針對這一點繼續發問。

福岡縣警會不會對ST懷有過多的期待？——他有這種感覺。

守口係長再度展開說明。

「報案的現場監工蘆川芳英，他所拍的照片已列印出來附在資料裡。請看。」

資料裡附了十二張印在亮面紙上的照片。百合根一張張翻閱。

接著驚訝於海水之湛藍。

報案時間是傍晚五點五十分，百合根原以為這個季節天色應該已經暗了，但照片裡的風景還是相當明亮。

百合根心想，大概是東京和福岡日落的時刻相差很多吧。

那是船埠的照片。港口頗具規模，也拍到了看似漁船的船。

百合根問守口係長：

「這艘船是？」

「『第五照榮丸』，宗像市的漁船。被包船用來接送土木作業員和潛水夫到島上。」

「是誰包租的？」

「一家叫『下山建設』的公司。就是承包這次工程的建築公司。」

「屍體就是這艘船運回來的？」

「是的。」

菊川問：「鑑識人員上過這艘船了嗎？」

「上去過了，這也寫在資料裡了。就結果而言，『第五照榮丸』上並沒有發現足以懷疑是人為蓄意的跡證。」

守口只有在對菊川說話的時候沒有用敬語。

是因為知道菊川的位階比他低嗎？

或者，也許是同為偵查員，以此表示親近。

百合根發問：

「是拍了這些照片的現場監工報案說發現了屍體的？」

「是的。」

「呃，你說他叫什麼名字？」

百合根翻著資料問。

守口係長回答：「蘆川芳英，四十七歲。他在『下山建設』服務。」

「那麼發現屍體的就是這個蘆川芳英了？」

「不，第一發現者是笹川純哉，三十二歲。他不是正式員工，是派遣作業員。」

「派遣作業員……？」

「這在土木工程中很常見，就是簽了短期契約的勞工。發現屍體的經過目前還不清楚。」

「已經見過本人，跟他談過了吧？」

「當然。可是，問不出詳情。」

「因為『說不得』嗎？」

守口使勁點頭。

「是的。在島上看到、聽到的一切，不得在島外提起。作業員們也堅守這個嚴格的規定。」

「聽說一草一木都不得帶到島外？」

「是的。」

「照片可以嗎？」

「現場監工蘆川相當不願意遵照偵查員的指示拍照。是偵查員在電話當中好說歹說，他才勉為其難拍了。」

「原來如此……」

百合根深思：連發現屍體時的狀況都問不出來，要怎麼調查呢？

「只要說，不把你知道的都說出來，到時候可能會有殺人的嫌疑……對他施壓就行了。」

菊川說。

守口搖搖頭。

「每個人都覺得宗像三神比警方的壓力可怕得多。」

「太誇張了……」

「宗像大社保佑航海安全。誰要是膽敢得罪神明，並不是本人受罰就算了。萬一發生海難，就會是得罪宗像三神的人的責任。」

菊川只低低沉吟，什麼都沒說。

百合根心想，地方社會就是這種事最麻煩。觸犯禁忌的確不止是個人問題。

所以，自古祭典所有居民都會舉家參與。

百合根還在想，便聽赤城問：「屍體目前在哪裡？」

安川課長和守口係長吃了一驚般同時往赤城看。

百合根心想，他們吃驚是因為他發問呢，還是發問的內容很突兀呢？多半兩者皆是吧。

守口係長回答：「安置在本部的停屍間……」

「我來解剖。」

聽到這句話，安川和守口又是一臉驚訝。

看到他們如此反應，高木怯怯地說：「赤城先生是醫生，也是法醫學者。願意免費解剖。」

「那當然是求之不得……」安川課長臉上仍帶著驚訝的神色，說：「但要解剖的話，有很多手續……」

赤城說：「你們不想要線索嗎？」

安川課長答道：「當然想要……」

「那就不要扯什麼手續，立刻著手準備。縣警沒有解剖的相關設備嗎？」

「本部沒有。」守口係長回答：「我在想，要解剖的話得向哪所大學借地方……」

「地點在哪裡都無妨。我現在就可以馬上執刀。」

百合根問：「死亡證明書或相驗屍體證明書上醫師的意見呢？」

「是溺斃。」

赤城說：「太隨便了。不解剖，無法確定死者是在落海前還是落海後死亡的。」

「有所謂的經驗法則。填寫相驗屍體證明書的，是經驗豐富的醫師。」

「但是，還沒有解剖。」

赤城不讓步。

他是法醫學者，不難理解他認為解剖很有必要。可是，百合根心想，很少看到他這麼堅持。

是有什麼原因嗎？

也許赤城察覺了什麼。

安川和守口竊竊私語。

守口點點頭，然後對百合根和赤城說：

「我們會向擁有設備的大學商借地方來進行解剖。就麻煩赤城先生了。」

百合根繼續問：「宗像大社社務所的許可什麼時候會下來？」

「這就不知道了。」安川回答：「要看社務所……」

山吹說：「沖之島雖然是由神社管理，但我相信他們不敢拒絕警方進入。

宗教聖地並不代表擁有治外法權……」

高木又向安川與守口說明：「那個……我頭一次見到山吹先生時，他穿著僧衣。」

安川一臉訝異地看著山吹。

「僧衣……？」

山吹回答：「我家裡是曹洞宗寺院……」

「啊，果然是出家人啊。」守口說：「我就覺得這一位有出家人的氣質。」

百合根對他們兩人說：「我想山吹說的有理。就算是聖地，也沒有治外法權。能不能請你們問問社務所？」

安川以極其為難的表情回答：「好的。我來問問。」

5

仔細看完了發下來的資料，結果不知道的還是不知道。

開完會，安川課長與守口係長離開了辦公室。留下來的福岡縣警，和昨天一樣，只剩高木一人。

菊川一雙眼睛仍瞪著資料，說道：「總不能乾等神社的許可。」

赤城說：「所以說我來解剖啊。」

菊川皺起眉頭看著赤城。

「你有事做是很好，但我們總不能在這裡發呆。」

青山說：「我們到沖之島去看看嘛。去了，應該不至於被趕回來。」

高木慌張地回應：「這恐怕很難說。」

「去看看嘛。就算不能上岸，也可以從船上看現場啊？」

「如果沒有神社的許可，沒有船肯到島上去的。」

「假裝我們有許可不就好了。」

「要說謊嗎？」

「這樣更好辦事喔！」

高木為難地看百合根。

百合根對青山說：「我想，我們必須盡可能避免與當地居民發生摩擦。不能亂來。」

「亂來……。我們就是來對付神明的不是嗎？不認清自己就是要亂來的話，要怎麼做事啊。」

「話是沒錯……」

百合根可不認為他是來對付神明的。在他心裡，他完全是為了協助福岡縣警辦案而來。

菊川說：「我知道大家都很看重現場，不過我想我們應該先把能做的事一一解決。」

青山問菊川：「能做的事？」

「首先，要和屍體的第一發現者和通報者談談。」

「可是，他們不肯說不是嗎？號稱『說不得』什麼的……」

「我想那要看問問題的技巧。」

百合根偷瞄了高木一眼。

菊川的說法也可以解讀為福岡縣警不懂得問問題。

他怕高木會覺得不舒服。

然而，高木看來不以為意。

百合根鬆了一口氣。

「對喔。」青山說：「既然人肉測謊機都來了，當然要好好運用。」

翠對青山說：「夠了喔，不要叫別人人肉測謊機。」

「可是，就真的很管用啊！」

「喂！」菊川對青山說：「你也別置身事外。你是心理學家啊，何不想想要怎麼問，才能鑽進對方的心理破綻，巧妙地問出真相。」

「刑警是實踐心理學家啊？根本沒有我出場的餘地呀！」

「基本上，是我們偵查員在發問。但是，都特地從東京過來了，也得請你表現表現。」

青山聳聳肩。

這是什麼意思，百合根不懂。

百合根問高木：「可以跟屍體的第一發現者以及通報者談談嗎？」

「如果您希望的話……」

高木翻了翻活頁本筆記。

「呃——通報者蘆川芳英，我想去了公司就見得到……」

菊川說：「那我們這就走吧。」

高木睜大了眼睛。

「所有人一起嗎？一次八個人，對方一定會很吃驚。」

赤城說：「我不去。沒有我去的必要，有兩個人肉測謊機以及青山去就夠了。」

「就說了……」翠說：「不要那樣叫我們。」

菊川對赤城說：「你是領隊，要一起去。人多聲勢大，正好可以向對方施壓。」

「我不想和別人一起行動。我是獨行俠。」

「真正孤獨的人才不會說自己是獨行俠。而且，這是什麼年代的詞，根本沒人在用了。別爭辯了，一起去。」

菊川站起身來。

「下山建設」位於天神三丁目，是座面昭和通而立的大型大樓。所謂的綜合性統包工程公司。

高木在櫃台告知來意，櫃台小姐立刻便要與公關部聯絡。

菊川對櫃台小姐說：「不必找公關部。我們想見的是蘆川芳英這個人。」

「不好意思，」櫃台小姐以殷勤有禮的語氣說：「公司規定，遇到這種情況一定要通知公關部……」

這種大工程公司一向很謹慎。這一點百合根也很清楚，因為他們常幹綁標、私相授受等等見不得光的事。

在這裡為難櫃台小姐，也未必能見得到他們要找的人。

想說什麼，對公關部的人說就是了。

百合根對菊川說：「我們就先見公關部的人吧。」

櫃台小姐仍是堆起滿臉歉意，向公關部聯絡。

一樓的大廳擺設了桌椅，他們便在那裡等，不一會兒來了個體格壯碩的男子。他的頭髮整齊得近乎神經質。

只見他穿著深藍色西裝，打著同色系的領帶、白襯衫。

一眼就看得出他是卸任警官。

「哦，這不是高木嗎。你又來啦？」

那個人說話時，高木顯得很不自在。

百合根悄聲問高木：「這位是不是OB（註：Old Boy，此處指退休警察）？」

「是的。之前在我們福岡縣警本部，現在是公關部的顧問，二階堂先生。」

二階堂看了百合根他們，說：「好大的陣仗啊……。喔？我好像沒見過各位……」

高木說：「這幾位是從警視廳來的。」

「警視廳……？」

「是的。」百合根說：「這五位，是警視廳科搜研的職員，人稱科學特搜班。」

「哦……」

二階堂向每個人遞了名片。

名片上寫著二階堂忠幸。頭銜正如高木說的，是公關部顧問。

為了防治標案蟑螂，退休警官轉任於企業的公關室等單位的例子相當常見。

像綜合性統包工程公司這類企業，退休警官出現的次數或許比其他行業更多。

「是沖之島那件事吧？」

二階堂對菊川說。

看來他果然也以為菊川是負責人。

百合根索性什麼都不說，讓菊川發言。

「是的。」菊川說：「我們想和通報者談談……。據說是擔任現場監工的一位蘆川先生……」

二階堂點點頭。

「蘆川不在本公司。」

菊川皺起眉頭。

「怎麼說？」

「他不是本公司的員工，而是外包公司的老闆。」

「外包……？」

「是的。沖之島的港灣工程是宗像大社發標的，屬於公共工程，是由本公司得標。但是，實際作業的是外包公司。」

原來如此，就是工程公司拿手的私相授受囉？

「那麼，請問到哪裡才能見到蘆川先生？」

「這個嘛，在那之前，能不能聽我說幾句話……。站著說話也不方便，請坐。」

二階堂指指剛才百合根他們坐過的大廳椅子。

菊川不耐煩地說：「沒有必要在這裡談。我們想找的是蘆川先生。」

「本公司倒是有兩、三件事想確認。」

完全不顧對方的意願，態度相當強硬蠻橫。

而且，以刺探的眼神看人。

這是警官常見的類型。

菊川顯然無意坐下。他站著對二階堂說：「想確認什麼？」

百合根這才發現，青山坐在椅子上，望著大廳內部。

二階堂瞪也似地注視菊川。

也許是在對他施壓。然而，這種程度的壓力對菊川不管用。

「我必須商議一下意外的責任所在。」

「還沒有確定是意外。」

「哦……」

二階堂的表情變得別有意味。

「那麼，你是說也有犯罪的可能性……？」

「我是說，現在還不知道。也不是完全沒有自殺的可能。」

「有這方面的消息嗎？」

「我指的純粹是可能性。調查才剛開始……」

「就算萬一是犯罪，也必須確認本公司是否牽涉在內。換句話說，必須決定責任歸屬的範圍。」

「這與警方無關，建議您找律師商量。」

「就算要找律師商量，也必須知道事情的詳細內容。」

「案情我們無法奉告。您也曾是警察，應該很清楚吧。」

「只要能證明本公司沒有過失就夠了。」

「有無過失，要等我們調查之後才知道。」

「萬一真有疑似過失的事實，我也希望能在向媒體公開之前先行掌握。」

「好把事情壓下來嗎？」

「我可沒這麼說，我只是說想先掌握而已。公司發展到這樣的規模，也有所謂的社會立場。」

「能不能符合您的期待，我不敢保證。」

百合根覺得菊川的聲音越來越冷。

他恐怕很不喜歡二階堂。

百合根其實也是如此。雖說是為了公司，但總覺得是為了保障他自己。

「話說回來……」二階堂說：「為什麼是警視廳的人在調查？」

「這個嘛，原因很多。」

每個警察都會有前輩教導：不可以向詢問的人多做說明。

二階堂似乎也不喜歡菊川。

「對前輩不能用這種語氣說話。」

「當然，我對前輩是充滿敬意的。但是，有時候立場不同就難免會對立。您說是不是？」

二階堂漸漸不再掩飾他的不悅。

「你是說，現在的我，立場和警方對立？」

「視情況，有時候也不得不如此吧？」

「我倒是希望你們不會把事情搞成那樣。」

「我們也這麼希望。我們待在福岡的時間有限，想盡快見到現場監工蘆川先生……」

二階堂考慮片刻，才終於冷冷地說：

「『蘆川土木』在市崎一丁目。」

說完，不道別便轉身離去。

百合根對菊川說：「好像惹火他了。」

「哼，不用在意。」

「就算我們不怕，但高木先生他們縣警的人算是他的後進吧？會不會讓他們很難做事？」

菊川朝向高木看。

高木的臉色有點憂鬱。

「不，雖說是前輩，他也已經退休了，而且就像剛才菊川先生說的，立場不同，有時候難免會對立。」

會不會是為了顧慮我們的感受才這麼說的？

百合根這麼想。

菊川問高木：「二階堂說了蘆川的地點，你知道在哪裡嗎？」

「市崎一丁目對吧，我想一去就可以找到了。」

「那我們走吧。」

「那個……」高木過意不去地說：「對不起，沒能直接見到蘆川。因為第一次見到他的時候，是在這裡……」

「我想那八成是二階堂叫他在這裡見你們的。他就是那種什麼事都想放在自己的控制之下的人，我一看就知道了。」

「也許吧。」

百合根等人立刻前往市崎一丁目。正如高木所說，很快便找到了「蘆川土木」。

「蘆川土木」就在西鐵平尾站旁，面對筑肥新道這條大馬路。

門面狹小的辦公室位於一樓，一名中年女子正在處理一般行政工作。所有人都進去實在太擠，ST的成員便在外面等。

菊川一告知來意，中年女子便不安地皺起眉頭。

「請稍等。」

她敲了敲後面的木門。看來老闆蘆川人在門後。

中年女子消失在門後，過了一會兒，帶了一個曬得很黑的男子出來。年紀大約五十歲上下，穿著工作服，留著像上班族般不起眼的髮型。

根據縣警給的資料，蘆川芳英是四十七歲，所以百合根猜想應該就是他。果不其然，該名男子自報姓名。

「我就是蘆川……」

「我是警視廳的菊川，這位是百合根。福岡縣警高木，想必您見過吧？」

「警視廳……？」

蘆川黝黑的臉上，露出了和中年女子一樣的不安。

「是的。」菊川回答：「我們想請教一下沖之島發生的事……」

「我已經告訴過福岡縣警了。」

「可以請您再說一次嗎？」

「警視廳是東京的警察吧？為什麼警視廳的人會來調查沖之島發生的意外？」

「您說是意外，但我們還沒有確定是意外。」

菊川不回答對方的問題。

不僅如此，還抓住蘆川的語病，施加壓力。

這是刑警的技巧之一。問訊已經開始了。

蘆川顯得更加不安。菊川進一步問：

「通報發現屍體的，是您吧？」

「對……」

蘆川顯然對提及那些事有所遲疑。

通報者不願談通報內容是極其不自然的。平常光是這樣，就要懷疑有犯罪的可能性。

然而，百合根認為這次不同於平常。

「說不得」的束縛重重地壓迫著通報者。

「您是怎麼通報的？」

「用手機。」

「那是什麼時候的事？」

「我想是快六點的時候。警方不是都知道通報時間嗎？」

這個問題菊川也不答。

「是您發現屍體的嗎？」

「不，不是我。」

「是誰發現的？」

蘆川在思考。

他不可能不知道第一發現者是誰。

蘆川在思考的，是能不能說。

終於，蘆川說了。

「那個您應該已經知道了。」

「我想聽您親口說。」

蘆川的臉扭曲了。出現了承受痛苦的表情。

「我不想再提那裡發生的事。」

「您不是已經向福岡縣警的人說過了嗎？」

「那是因為……」

蘆川的神情顯得更加痛苦。

「那是因為……？」

「有人命令我說。」

「命令？誰命令您？」

「『下山建設』的公關部顧門。」

「二階堂先生是嗎？」

蘆川一臉驚訝。

每當警察這樣挑明，絕大多數的人都會很吃驚。

一般人都低估了警察收集情報的能力。警察在去找人問話的時候，都已經調查得相當深入了。

要是記載在巡邏聯絡卡上，那麼來問話的刑警應該就已經得到了那些資訊。

「對，是二階堂先生。」蘆川說：「所以，我沒有別的辦法，只好說了。但是，我不想再說了。」

「說不得」的束縛顯然發威了。

這下，光是要問出事情就要費一番工夫。

恐怕不止蘆川吧。只怕接下來他們要去問的人，個個都受到傳說的禁制。

百合根正這麼想的時候，身後門口那裡有人出聲。

6

「你的電話是從船上打的吧？」

是青山。

看來他是站在門口聽辦公室裡的對話。

聽對話的應該不止青山。

除了青山，待在外面的ST成員當中，應該只有翠聽得到。

照理說，一般人是聽不到的。但是，翠是特別的。她的耳朵能夠確實補捉屋內的對話。

蘆川呆楞地看著青山。

一名年齡不詳的貌美男子突然現身。而且，不是一般的貌美，那張臉蛋，無論是誰都會看得出神。

「噢……」蘆川發楞地說：「我是從靠港的船上打的。」

「那麼，你只要說那時候的事就好了。這樣就不算是在說島上發生的事吧？」

蘆川仍未回神過來。

菊川發問：「是您把屍體打撈上船的？」

遲疑了一瞬後，蘆川回答：「是的。因為我想，無論如何都必須用船送回來……」

「這項作業花了您多久的時間？」

「我也不知道……。我想大約十分鐘吧……」

「您是怎麼打撈的？」

「用繩子套住拉近，然後大家用手一起將屍體拉上來。」

「當時，屍體穿著什麼樣的服裝？」

「黑色橡膠潛水衣。日野應該是在死前都在工作……」

大概是青山的一句話，讓蘆川放下心防吧。

他開始順暢地回答菊川的問題。

菊川也很留意發問的方式。

不問島上發生的事，而是問船上的狀況。

這樣的話，也許就不會觸犯「說不得」的禁忌。

「撈起屍體時，屍體的第一發現者在船上嗎？」

「在。不，我想應該在。因為我也很震驚，所以記得不是很清楚，不過準備開船的時候，大家都上船了……」

「可以告訴我那個人的名字嗎？」

蘆川又以遲疑的表情不說話了。

青山說：「那個人的名字，不是你在沖之島才知道的吧？」

蘆川訝異地看著青山。

「當然不是，他是和我配合的作業員。」

「那麼，說了他的名字也不會有問題才對。」

蘆川同意般點點頭。

「他叫笹井純哉。」

這個名字，剛才會議中發的資料裡也有。

一個三十二歲的臨時工。

菊川繼續問：「您說，那位先生是和您配合的作業員？」

「是的。」

「是您的員工嗎？」

「不，是短期雇用的。這在土木作業員當中很常見。因為有一技之長，哪裡有好工作就往哪裡去。」

「那麼，我們能不能在這裡和那位先生談談？」

「我和笹井都是直接在工作現場碰頭。」

「這次的港灣工程，是您第一次雇用笹井先生嗎？」

「不是，我們合作過幾次。他是個很好的作業員，只要有大工程我一定會找他。」

「原來如此……」

福岡縣警已經握有笹井的住址。

百合根心想，只要到他家去找他就行了。

「今天您不上工嗎？」

「你們警察說要封鎖現場。我是很想明天就上工，但不知道行不行……」

「那位去世的日野滿先生，他也是短期雇用嗎？」

「對，他也是。港灣工程和護岸工程的潛水夫大多都是短期雇用。」

「潛水夫總共有幾人？」

「四人。兩兩輪流潛水。」

「您說日野先生的屍體被發現的時候，身上穿著潛水衣？」

「嗯，是的。」

「也穿戴著潛水用具嗎？」

「沒有，沒有穿戴著機材。」

「那麼，他是在休息了？也就是說，其他的潛水夫正在潛水？」

「這個我就不知道了，他們是怎麼輪班潛水的，我沒有問到那麼細。也許是在休息，也許工作已經完成了。」

「您沒有問到那麼細？您是現場監工呀？」

「我的立場是要監督整體工程，不會對每個人所負責部分的細節全部一一指示。」

菊川點頭之後，問道：

「日野先生身上有沒有什麼麻煩呢？」

這才是菊川真正要問的問題。

之前關於日野的問題，不過是為了這個問題鋪陳罷了。

「麻煩嗎？」

蘆川臉上看得出有所提防。

看來是在猜測菊川這個問題的用意。

「好比說和誰交惡，或是有金錢糾紛……」

「這個，我倒是沒有聽說。」

「工程中，有沒有和誰不合這類的事？」

「沒有。」

菊川點點頭，然後朝百合根看。意思是詢問百合根有沒有問題。

百合根搖搖頭。

菊川對蘆川說：「在您百忙之中打擾了。謝謝您的合作。」

「哪裡……」

「往後也許還會再來打擾，屆時再麻煩您。」

「請問……」蘆川說：「工程什麼時候可以再繼續？」

「這個要看調查的進度。」

「工程延宕一天，我們就要多付一天的工錢。這對我們外包商來說，是生死存亡的問題。」

百合根心想的確如此。

平常完成鑑識工作後就能解除封鎖。但這次的狀況，連鑑識人員能不能進去都不知道。

而且，就算鑑識人員到了島上，也許什麼都不許帶出來。

這麼一來，便不知何年何月才能解除封鎖。

這一點菊川應該也很清楚。

菊川說：「我們會努力讓工程可以盡快開始的。為此，不能沒有各位的協助。」

蘆川無力地說：「我明白了。」

菊川走向出口。

青山人已經不在那裡了。

百合根跟著菊川走出辦公室。最後走出的是高木。

坐上停好的小巴，菊川對青山說：「你出手相助，我欠你一筆。」

「有人叫我要工作嘛。」

「那麼身為心理學者，你對蘆川的話有什麼看法？」

「不知道。」

「不知道是什麼意思？是他說的話內容可信，還是從他說話的態度看出了什麼……」

「才說那幾句話，什麼都看不出來啊。」

菊川一臉厭倦地嘆了一口氣。

「好吧，光是提示我怎麼問問題就已經很好了……」

「只是啊……」青山說。

「只是什麼？」

「他受到很多壓力。」

「壓力……？『說不得』的禁忌嗎？」

「這個也是，但除了這個以外應該還有別的……」

「是啦，外包工程的中小企業老闆，各方面都很辛苦吧。」

「也許是吧。」

菊川朝百合根看，說：「警部大人，你覺得呢？」

「壓力嗎？」

「比起蘆川的話，我倒覺得青山先生剛才說的讓我比較在意。」

「是的。」

菊川想了想，然後問翠：「小姐，談話妳都聽到了吧？」

「聽到了。」

「有沒有聽出什麼？」

「拜託，」翠說：「我的專長是物理。」

「妳是人肉測謊機之一啊。」

「我是說，就算我聽力再好，離那麼遠也聽不到呼吸和心跳的變化。」

「這樣啊……」菊川說：「那，下次請妳待在旁邊。」

笹井純哉住在奈良屋町住宅區的一棟木造公寓，獨居。他們在上午十一點二十分左右抵達他的住處。

青山嚷著肚子餓了。但離吃中飯時間還早，於是他們先去找笹井。

笹井住在兩層樓木造公寓的一樓。最靠右的那間。

按了對講機，過了一會兒便有一個愛理不理的聲音回應。

「喂。」

菊川說：「我們是警察。能不能請教您一些事情？」

對講機沒有回應。

菊川伸出手指正準備再按一次的時候，響起了解鍊條鎖的聲音。

門開了，一個頭髮染成咖啡色、曬得很黑的男子露了臉。

「警察……？」

菊川確認道：「您是笹井純哉先生吧？」

「我是……」

笹井將菊川與在百合根身後的高木和ST都掃視一遍。

他的眼神渙散，呼吸中帶有酒臭味。

「幹嘛……」他說：「我被逮捕了？」

這句話也許是在說笑，但他的表情真的顯得很不安。

菊川回答：「只是請教一些事情。現在方便嗎？」

「我很閒啊，又沒工作……」

所以中午還不到就喝酒嗎。百合根心想，假日要怎麼過是別人的自由，也不認為喝酒有什麼不好。

只是，他的確也認為應該有別的方式能把假日過得更有意義才對。

「我們想請教一些關於日野先生身亡的事。」

「呃……。我沒多少可以說的。」

「最先發現屍體的是您吧？」

「我不知道是不是最先，不過通知現場監工的人，是我。」

笹井皺起眉頭。

「吶，我已經跟警察的人說過了。我不想再說了。」

「是因為島上發生的事『說不得』這條戒律嗎？」

「沒錯。」

笹井今年三十二歲。

這年頭的三十二歲還很年輕。連他這個世代都遵守「說不得」的禁忌，百合根倒是有點意外。

「除了島上發生的事以外，也有很多事情想向您請教……」

「除了島上發生的事以外……？像是什麼……？」

「作業員之間的人際關係等等……」

笹井想了一會兒，接著說：「在這裡談嗎……？」

「如果您比較喜歡更能安心說話的地方，那麼移駕到縣警如何……？」

「要是你們肯等，我準備一下就好。」

百合根心想，這句話倒是教人意外。

絕大多數的一般人都不願意上警局。

如果是做了虧心事的人，就更不用說了。

「您願意，我們也求之不得。」

「這麼多警察待在家門口，給人的觀感也不好……。等我一下……」

笹井縮回房間，大約五分鐘後整裝出來。雖然多少有點酒味，但還不到喝醉的程度。

一行人帶著笹井朝縣警本部移動。

小巴還有空位。一上車，笹井便說：

「問一下，你們真的全都是警察的人嗎？」

菊川不答。

百合根只好無奈地說：「對。我們是從警視廳來的。」

「哦，警視廳……」

笹井只說了這句，就沒有再作聲了。

他知道警視廳是東京都的警察本部嗎？

對他來說，這種事恐怕無關緊要吧。百合根也沒有再多問。

回到縣警本部，時間已過中午，青山很可能又要發牢騷，但總不能為了吃飯讓笹井等，所以決定先把話問完。

地點是開朝會的那個房間。

直到走進會議室，一路上笹井都好奇地環視縣警本部內部。

他們讓笹井坐在窗前，菊川和百合根坐在他對面，靠近門口。

高木坐在百合根看過去的菊川的另一側。

ST的成員則是分別坐在自己喜歡的位置。

「可以請您談談發現屍體時的狀況嗎？」

菊川一問，笹井便又皺起眉頭。

「這跟說好的不一樣。我不能說島上發生的事。」

菊川略加思索後說：「那，可以請您以『是』或『不是』來回答我們的問題嗎？這樣就不會有問題了吧？」

這次換笹井略加思索。

「唔……嚴格說起來，島上發生的事也是不能拿來當話題的，不過，我也不能這麼堅持喔。」

「您發現了浮在海上的日野滿先生。在那之前，都沒有人注意到，是嗎？」

「是。」

笹井邊思考邊回答。

一般人會努力回想發現遺體的狀況。但，搞不好，他正努力盡量不要去想——百合根猜想。

回想得越多，觸犯「說不得」禁忌的風險就越高。

而且，他回答的時候，一定也想著該怎麼回答才不會觸犯那個禁忌。

「當時，日野滿先生是什麼樣子？」

「這個我不想說。」

「屍體是浮在海上不是嗎？那就不是在島上。所以，應該沒關係吧？」

「呃……。我覺得不是這樣。海邊不也是島的一部分嗎？」

「海就是海啊。」

笹井看來正在多方考慮菊川這幾句話。

百合根覺得真要選的話，笹井的說法才是對的。

所謂「在島上發生的事」，應該是意味著停留在島上的期間看到、聽到的事吧。

問題不在於屍體是在海上或島上。

這一點菊川不會不知道。但是明知道卻這麼說，可見他正費盡心思，好讓笹井或多或少吐露一些消息。

「他穿著黑色的潛水衣浮在海面。一開始，我還以為他在浮潛。可是，後來我看到血從他的頭流出來……」

「然後您怎麼做？」

「不是只要回答是或不是就好了嗎？」

「您發現了屍體，便立刻通知了現場的監工蘆川先生，是嗎？」
「是。」
「然後，你們便立刻展開打撈屍體的作業？」
「對。」
「你們把屍體拉上了船，是嗎？」
「對啊。」
這時候，百合根發現翠和黑崎悄悄對望。

7

菊川繼續發問。
「我們想請教一些關於死去的日野先生的事，您有沒有聽說過他身上有什麼麻煩？」
「拜託，我跟那個潛水夫是在那裡才頭一次見到的，幾乎連話都沒說過。

潛水夫平常都是跟自己的潛水夫夥伴在一起，所以關於他的事我什麼都不知道。」

比起問題和回答的內容，百合根更在意翠和黑崎剛才的反應。

也許他們察覺到了什麼。

「在施工現場，日野先生有沒有跟誰起過爭執……？」

「我們的工作時程很緊，大家根本沒時間吵架。要是真有那種事，我想也不會有人在施工現場動手的。」

「為什麼？」

「那樣會影響施工，就沒工作可做啦！」

「可是，現在就真的被影響了。」

「所以我覺得是意外啊。我覺得不可能是別的。」

「原來如此……。所以自殺也不可能？」

「為什麼要自殺？我們是為了港灣工程的工作來的。我實在想不出什麼在工作現場自殺的理由……」

百合根點點頭，然後看向百合根。

百合根對菊川說：「我有點話想私下說……」

菊川似乎明白了百合根的意思，便站起來朝會議室外走。

百合根又說：「也要麻煩翠小姐和黑崎先生。」

高木一副不知如何是好的樣子。

百合根說：「還有高木先生也是……」

高木這才放心地站起來。

一來到會議室外，菊川便說：「警部大人，你要說什麼？」

「黑崎先生和翠小姐似乎注意到什麼，所以我想確認一下。」

菊川朝向翠看去。

黑崎反正是不會開口的。

「笹井說謊了嗎？」

翠將頭微微一偏，回答：「不能明確斷定他說謊。不過，他做那番發言的時候，肯定很緊張。」

「哪番發言？」

「菊川先生開始針對屍體發問的時候，他漸漸越來越緊張。最緊張的，是問到立刻展開打撈屍體的作業，他回答『對』的時候。」

菊川問黑崎：「你也持同樣看法嗎？」

黑崎默默點頭。

「所以發現屍體立刻開始打撈的說法，有可能是說謊了。」

翠回答：「很難斷定他是不是說謊。只是，他回答的時候的確很緊張。」

「既然沒說謊，有什麼緊張的必要？」

「每個人想起屍體都會緊張吧。有些膽小一點的人，光是這樣就會反胃了。」

百合根認為翠說的是對的。但是，菊川卻一副不服氣的樣子。懷疑是刑警的工作，也難怪他是這種反應。

菊川對百合根說：「要是笹井說謊，那麼事情會是如何……」

這個說法，其實不是向百合根尋求回答，更像是在問自己。

百合根說：「也就是說，問他是否立刻展開打撈屍體的作業，他答『是』便是說謊。也就是說，他們並沒有立刻打撈。」

「謊話是哪個部分呢？是『立刻』，還是『打撈』……？」

「可是，我們看了被打撈上船的屍體的照片。就是通報者蘆川先生拍的照片。」

「的確……」菊川對高木說：「那些照片，確實是蘆川拍的沒錯吧？」

高木點點頭。

「對，我們確認過了。」

「可是，拍照是在通報之後吧？」

聽百合根這一問，高木略加思索之後說：

「是在通報之後，收到通信指令課的通知，偵查員才下的指示……。對，沒錯，是在通報之後拍的。」

「那麼，在通報之前發生了什麼，就完全不知道了。」

聽百合根這麼說，菊川說：「也就是說，打撈起屍體前的事我們一無所知。」

高木臉上又出現不安的神情。

「兩位是說，在笹井發現了屍體，到蘆川通報之間，這中間發生過什麼嗎……？」

菊川說：「不知道。只是，有可能在發現屍體之後，並沒有馬上展開打撈作業。」

「可能……」

「對。」

菊川點點頭。

「現階段，連笹井是否說謊都還不知道。」

「請問……」高木過意不去地說：「幾位剛才一直說笹井說謊，為什麼會有這樣的懷疑呢？」

菊川瞄了百合根一眼。於是百合根認為說明是自己的工作。

「您知道測謊機嗎？」

「當然。」

「測謊機測量的是心跳、呼吸的快慢變化，以及血壓等生理反應，換句話說，是在測量受測者在回答問題時有多緊張。ST的結城聽覺敏銳，能正確聽到人的心跳和呼吸聲。而黑崎則是嗅覺敏銳，能夠嗅出人出汗和腎上腺素等興奮物質的分泌。也就是說，這兩個人加起來，具有測謊機的功能。」

高木睜大了眼睛，看著翠和黑崎。

「真教人不敢相信……」

翠說：「剛才，我們青山在裡面嘟囔說肚子餓了。」

「真的嗎……」

「你可以去問問他。」

被翠這麼一說，高木猶豫了，但終究向好奇心低頭。

他打開門，問青山：「請問……您剛才是不是說肚子餓了？」

青山的聲音傳出來：

「怎樣？你們有監聽這個房間的對話？啊，對喔，是翠小姐吧？對啊，我是說了，我餓了，吃飯時間到了。」

高木關上門，看著百合根，一臉驚愕。

「喔，真是驚人。我終於明白幾位為什麼會討論笹井的話是真是假了。」

「問題在於，」菊川說：「這人肉測謊機在法庭上沒有作證能力。所以，純粹只能作為辦案的參考。」

「原來如此……」

「我們現在能做的，就只有從關係人口中問出事實。」

翠說：「青山又在嘟囔了。」

菊川點點頭。

「笹井發現屍體之後，到蘆川通報之前，發生了什麼事……。我來針對這一點發問。翠和黑崎繼續幫忙注意笹井的變化。」

回到房間，各自坐回原來的座位，重啟問答。

菊川對笹井說：「我想多了解一些關於發現屍體時的詳細狀況……」

笹井嘆了一口氣。

「我只能回答是或不是，這樣可以嗎？」
「可以。您發現屍體的時候，有誰在旁邊？」
笹井又陷入思索。
「這……」
「發現屍體時，您是一個人吧？」
「對。」
「您發現了屍體，便立刻通知現場監工蘆川先生？」
「這個問題我不是已經回答過了嗎？」
「請再回答一次。」
「答案是YES。」
菊川看向翠。翠往黑崎看。
三人微微互相點頭。
菊川對笹井說：「看來這個答案並不是真的……」
笹井瞬間閃過驚訝的神色，立刻變得很不高興。

「看來並不是真的是什麼意思？你是說我說謊？」
菊川毫不猶豫地點頭。
「是的。我們這麼想有我們的依據。」
笹井的表情變得更難看了。
他一定是認為菊川會委婉地否認，不料菊川卻坦承他認為笹井在說謊。
菊川一定是認為這是發動攻擊的時機吧。
「有依據」未免說得過火——百合根心想。
人肉測謊機不能算是依據。
菊川是在虛張聲勢。
這是刑警的技巧之一，讓對方以為警方手中握有什麼證據。
看來笹井失去了鎮靜。
「我才沒有說謊。別的不說，這又不是偵訊吧？我是善意協助，竟然說我說謊，實在太令人心寒。」
每當有所隱瞞，被問話的人就會說這種話。

菊川以平靜的語氣說：「我們很感謝您的協助。不過，既然都請您特地走這一趟，我們希望您能說實話。」

「我就說我在說實話啊……」

「我們希望能得到更正確的資訊，所以想詳細了解您發現屍體時的狀況。」

笹井想了一會兒。然後，搖搖頭。

「我已經說得夠多了。」

「我們現在還無法到現場進行調查。所以只能拼湊各個關係人的說法，來進行各種判斷。」

「各種判斷……？你是說這是不是意外對吧？我認為是意外啊，理由就是我剛才說的。」

「您認為是意外……」

菊川確認般地說。

笹井點頭。

「對啊。」
菊川又去看翠。
翠和剛才一樣，幾乎只以眼睛點頭。
「我再請問您一次。您發現屍體時是一個人，而發現後立刻便通知蘆川先生……」
「對。」
「然後，蘆川先生便立刻要大家開始將遺體安置到船上。」
「對啊。」
「這項作業是多少人進行的？」
「我不能說在島上發生的事，這個你也知道。」
「我們問的不是島上的事，而是船上的作業。」
「所以啊，在島上發生的事，本來就應該包括靠岸的船不是嗎。這一點我盡力妥協了，所以才說了在船上的事。可是，被人說我說謊，豈不是讓人失去協助的意願嗎。」

「不好意思啊。」菊川以毫無歉意的語氣說：「不過，我們也是為了工作，不得不把所有事都查清楚……」

「那是意外啦，這樣不就結了？」

「警察啊，有時候就是很難搞。要確定是意外，不能沒有理由和根據。」

「這我就管不著了。我想我已經充分回答警察的問題了。」

「我再問一次。屍體的打撈作業，是幾個人一起進行的？」

「很抱歉，島上發生的事我不能說。」

菊川直盯著笹井看。也許是在思考接下去該問什麼問題。

突然間，青山說話了。

「我說，夠了吧？我們去吃中飯啦。」

笹井朝青山看去。

青山並沒有在看笹井。

菊川朝百合根瞄了一眼，然後對笹井說：

「謝謝您的協助。」

「我可以走了？」

「今天可以了……日後可能還會再去請教您，屆時再請您幫忙。」

「無論你們來多少次，我說的都一樣。」

笹井站起來。

幾乎同時高木也站起來。送笹井出去是他的工作。

待兩個人一走，菊川便一聲不吭地沉思。

那個氣氛讓人不敢跟他說話。

過了一會兒，菊川對青山說：「就算把笹井留再久，他也不會多說了。你是這麼想的嗎？」

青山回答：「什麼？我就只是真的餓了而已啊。」

「但時機也太剛好了。我也正在想應該要收棚了，再留著他，他會變得更頑固，也許更不願意開口。」

「對他來說，『說不得』是個方便的禁忌啊。」

百合根問：「方便？」

「對。因為這樣他就不用說真話了。」

「青山先生也認為他在說謊？」

「『也』是什麼意思？」

「翠小姐和黑崎先生注意到，他很可能在說謊……」

「人肉測謊機嗎。對，他八成在說謊。而且，因為有『說不得』的禁忌保護，他很安心。」

菊川問：「你認為他說了什麼謊？」

「這個翠小姐他們不是看出來了嗎？」

百合根回答：「笹井在回答菊川先生『馬上就打撈屍體嗎』這個問題的時候，回答『對』。據說他這時候最緊張。」

菊川補充說明：「假如笹井說謊，假如喔，我們不知道是『馬上』這個部分，還是『打撈屍體』這個部分。」

「或者，這兩部分皆是。」

「你說什麼……？」

「這是可能性的問題。就理論而言，有三種謊。一個是『馬上』是假的。在這個情況下，代表打撈屍體的作業並非馬上開始。第二個是『打撈屍體』是假的。他們發現屍體後立刻採取了某種行動，卻不是打撈作業。然後第三個是以上兩者都是假的。雖然發現了屍體，但他們沒有立刻展開行動，而且也沒有打撈。」

「沒有打撈不太可能吧。實際上屍體就在船上，照片都拍到了。」

「又不見得是從海裡打撈上來的。」

菊川一臉驚訝地看著青山。

「什麼意思？」

「難道不是嗎？我們看到的，只是躺在船上的屍體的照片而已啊。屍體在拍照之前是什麼狀態，我們又無從確認。」

「你是說，屍體不見得是浮在海上？」

「這完全是可能性的問題。」

百合根認為青山說的一點也沒錯。

目前，他們僅有的線索，就是蘆川的照片和關係人的說詞。

一旦懷疑他們的說詞，照片的可信度也會大大減低。

菊川又陷入思考。

這時候，高木回來宣告：

「那個……大學醫院準備好了。」

赤城立刻有所反應。

「可以解剖了？」

「但是，要有大學的人在場。」

「誰要在場都無所謂。可以馬上動手吧？」

「是的，隨時都可以……」

「好，那下午一點開始。」

也許，解剖會釐清新的事實。

百合根心懷期待。

8

青山說，都來到福岡了，想吃道地的豚骨拉麵，因此高木帶他們到縣警本部附近的一家店。

據說是一家能吃到老博多拉麵的店。

百合根對飲食不算講究，所以中餐吃什麼都可以。

他不討厭拉麵，甚至算是喜歡，卻也不會特地到排隊名店去吃。

百合根認為，為了食物排隊是很難看的一件事。

他向來認為想要外食就要先預約。這是百合根家的習慣，他從小就習慣這麼做。

那家店很老舊，實在說不上乾淨，但湯頭倒是相當出色。

既然叫作豚骨，百合根原以為味道會很油膩，但吃起來完全沒有腥味，濃郁得恰到好處。

配菜只有叉燒，上面加了大把蔥花提味。他也欣賞這樣的乾脆簡潔。

青山也很滿意。他個子不高又算瘦，但食欲旺盛，還續了麵。

吃完中飯，赤城對百合根說：「待會解剖頭兒也要去嗎？」

百合根卻步了。

「好像應該要……」

菊川說：「警部大人用不著勉強去，要是貧血昏倒了反而麻煩。」

「看了解剖，細節又只有專家才懂。就交給赤城先生，我們去做別的事。」

「別的事？」

「像是查訪啦，詳細查證照片啦，回飯店睡覺啦……」

最後一點當然想都不必想，但聽菊川和青山都說不用去，百合根鬆了一口氣。

赤城說：「我也寧願這樣。誰教我是獨行俠。」

菊川說：「就說了，獨行俠不是自己說了算。」

一行人先回到縣警本部，赤城在高木的帶路下前往要進行解剖的大學醫院。

當他們占據了會議室，正想著接下來該如何行動時，安川課長來了。

「方便說句話嗎？」

不知為何他看起來心情很差。

菊川一副「這是你的工作」的樣子看著百合根，百合根便說：

「請問有什麼事？」

安川課長進了會議室，一關上門，站著就說：

「聽說幾位見了二階堂先生。」

百合根一時之間不知道他指的是誰，但很快便想起來。

「下山建設」公關部的退休縣警。

「是啊，見過了。怎麼了嗎……？」

安川的表情更加難看，說：「希望幾位不要去打擾他……」

百合根吃了一驚。

「不要去打擾……。我們去『下山建設』問事情，他就出來了。既然他是公關顧問，我想每次去一定都會是他先出來。」

「應該沒有必要再去『下山建設』了吧？」

「為什麼？」

百合根更加吃驚，問道：「如果有必要，以後不管多少次都會去啊。」

「標下工程的確實是『下山建設』，但實際作業的是外包的『蘆川土木』不是嗎？問他們就行了。」

莫名其妙。

百合根正傻眼時，菊川說：「那位二階堂OB對縣警施壓了嗎？」

安川課長仍臭著一張臉，說：「以他的立場，並不能對縣警施壓。」

「但是，他做了類似的事……。不是嗎？」

如此一來安川課長便不太鎮定了。

「總之，請不要做沒必要的事。」

「沒必要的事，我們才不會做。」菊川以有些諷刺的語氣說：「我們巴不得讓事情趕快有個眉目，好趕快回東京。」

「很好。」安川課長說：「別忘了你這句話。」

然後便離開了。

「什麼跟什麼……」翠受不了地說。

菊川望著安川課長離去的那扇門。

「意思就是，警察這種人就算退休了，仍握有種種人脈。」

百合根說：「可是，就像安川課長說的，他不能干預辦案的內容吧？」

「這就難說了……。姑且不論中途辭去警職的人，做到退休的OB擁有的力量不容小覷。縣警本部裡一定也有很多二階堂當年的部下。」

「話是沒錯，可是……」

「企業聘用退休警察的目的，不出這兩個——對付黑道，或是對付警察。」

菊川說的，百合根也有一定程度的了解。

標案蟑螂背後都有黑道。

企業為了對付這些人，常會聘用像二階堂這樣的退休警官來當顧問。理所當然地，當一個行業與反社會的人交手機會越多，這個傾向就越明顯。

銀行是如此，「下山建設」這類建築業也是如此。

百合根對菊川說：「如果二階堂先生真的對縣警說了什麼，那是為什麼？」

「當然是為了保護『下山建設』啊。無論發生什麼事，都不能讓『下山建設』被追究任何責任。」

百合根思忖後說：

「如果這次的事是意外，可能會被追究責任。」

「就算是自殺，也不能完全免責。」

「如果是殺人，可能就不會算是公司的責任……」

「在那種情況下，換個角度來看，傷害可能比被追究責任還大。畢竟是在施工中發生了殺人案，也許會損害公司的名聲。」

「所以他必須盤算出對『下山建設』傷害最少的劇本。」

「沒錯。想出那個劇本，讓事實看起來和那個劇本一樣，正是二階堂的工作。」

「會是什麼樣的劇本呢？」

「在現在這種情況下，大概只有一種：斷尾求生。」

「也就是說，把責任全部推給『蘆川土木』，讓『下山建設』全然置身事外……」

「外包的『蘆川土木』應該不敢吭聲吧。搞不好還會認為乾脆賣個人情，以後更容易和『下山建設』合作。」

「如果只是一般的意外，蘆川社長大概會這麼想吧。」

青山突然插話進來。

百合根皺起眉頭問青山：「怎麼說？」

「首先，第一發現者笹井純哉的說詞很可疑對吧？」

翠說：「我可是沒有任何根據能證明他說謊喔。只是覺得他回答的時候很緊張而已。」

青山笑了笑。

「我想，這就足以令人懷疑了。笹井試圖讓我們相信事情是意外。如果真是意外，根本不必這麼做。」

菊川問青山：「你說他試圖讓我們相信是意外？」

「對啊。頭兒把菊川先生和翠小姐他們帶到外面，中斷了談話對吧。在那之前，笹井是這麼說的：『我認為是意外啊。除了意外，沒有別的可能。』然後，重新開始發問以後，簡直像重複般地這麼說：『是意外啊，這樣不就得了。』後面這幾句話明顯是多說的。人會多說什麼的時候，其實是很不安的。」

「唔……」

菊川唔了一聲，陷入思考。

「好比說，外遇，絕大多數都是因為多說了一句話而露出馬腳。每個人事後都會納悶自己當時為什麼會說出那種話，其實就是因為不安。人一不安，就會連不必說的話都說出來而自掘墳墓，可是，那是因為他們想知道對方的反應。」

菊川不知為何表情顯得很不愉快。

「扯什麼外遇……」

「我是在舉例啊。」

「笹井不安，和人肉測謊機那兩個人說的一致……」

「兩個人說的……」百合根回道：「精確地說，黑崎先生什麼都沒說啊……」

「他同意翠說的，就可以當作是兩個人的發言了。」

百合根稍事反省，也許自己也多說了無用的話。

菊川接著說：「問題是，笹井為什麼會不安。」

翠說：「被警察問話，絕大多數的人都會感到不安呀。更何況被帶進了縣警本部。」

「又不是被強制帶來的。是他自己願意的。」

「就算是這樣好了，有時候也應該會因為問題的內容而感到不安呀。」

「問題的內容啊……」菊川若有所思地說：「他在我問到關於發現屍體時的事時，很緊張對吧？」

「關於這一點，剛才我也說過了，任誰想起屍體都會緊張的。」

「不是一般的緊張，也許是有什麼原因。」

翠盯著菊川說：「你是想說，那個叫日野的潛水夫的死不是意外，而是有人謀害，而這和笹井有關？」

「這個嘛，算是吧。」

翠煩躁地嘆了一口氣。

菊川一副嚇了一跳的樣子。

「怎麼？我說了什麼惹火妳了嗎？」

「不是的。我總是很害怕，怕我和黑崎先生會不會多事而造成冤獄……」

菊川皺起眉頭。

「冤獄……？」

「對。我的確是能聽出周遭的人的心跳、呼吸的變化和吞口水的聲音。而黑崎先生能憑嗅覺掌握一個人的出汗和興奮物質的分泌。所以大家都說我們是人肉測謊機。可是，並不能因為這樣就斷定別人一定是在說謊。」

菊川的眉頭依然沒有解開，說：

「可是，這原理的確是和真正的測謊機相似啊？」

「是啊。測謊機是測量出汗造成的皮膚電流抗阻的變化，血壓、心跳的變化。可是，就算是真正的測謊機，也不能百分之百判斷一個人是否在說謊。」

「測謊的結果在法庭上的確不能作為證據。跟你們一樣。」

「對，測謊的結果會因提問者而不同。重要的是問問題的方法。好比說，當受測者是男性時，測謊員是中年男性或有魅力的年輕女性，測出來的結果會有相當大的差異。」

「換句話說，會興奮就是了。」

「對。緊張、興奮、不安，這些都會產生相當接近的生理現象。機器是無法分辨的，我和黑崎先生也無法分辨。測謊員提出的問題，必須是事後可以分析的。」

「那就要靠心理學的專家了。」

「是啊。」

菊川看向青山。

「不就是為了這個才有他的嗎？」

「可是，青山並沒有向笹井提問。」

「是沒錯，可是他都聽到了。」

「的確……。所以，青山也覺得可疑。但是，我們問的問題並不是為了看破謊言而準備的。要是受到逼迫，受測者會越來越不安，也會緊張。」

「這倒是真的。」

「如果單憑這樣的不安和緊張而緊咬對方，最後也有可能導出不實證詞。」

「然後就變成冤獄……」

「這樣說聽起來也許很像在推卸責任，可是，我實在無法負起全責。」

青山一副事不關己的樣子。

菊川問他：「你覺得呢？」

「我覺得翠小姐說的沒錯啊。」

「那就幫忙想想能看破謊言的問題。」

「要想這個，必須更進一步詳細了解整件事情。像是現場的狀況啦，人際關係啦……」

「話是沒錯，可是你自己也說笹井很可疑不是嗎。」

「我只是解釋了他有說謊的可能性而已。」

菊川嘆了一口氣。

「所以事情又回到原點了嗎……」

百合根說：「對不起，可能是我多話了。因為我看翠小姐和黑崎先生好像注意到什麼，才把大家叫出去……」

「我想，翠小姐並不是只注意到心跳和呼吸聲而已。」

青山發言。

這使得百合根和菊川同時看向青山。

「怎麼說？」翠問青山：「你是說我還注意到什麼別的？」

「測謊機這種設備，其實有好幾種。測量血壓和出汗等生理現象的只不過是其中之一，也有測量腦波的。而這當中，被視為準確率極高的，是分析聲音成分的設備。」

菊川問：「聲音成分？」

「對。人的聲音，是由極其複雜的音組成的。不但混合了各種頻率，有時候其中某些音還會被特別強調。最近的研究發現，人在說謊的時候，會加強某些頻率。當然，一般人是聽不出來的，要以特定設備記錄下來才知道，但翠小姐能夠聽出來。」

翠說：「我從來沒有特別意識到過這點。」

「不用特別意識也一直都聽得到啊。然後，在下意識之中透過經驗法則聽出是說謊。」

翠看著青山，不置可否。

青山繼續說：「被點名作為人肉測謊機的時候，翠小姐只注意受測者的心跳和呼吸是否紊亂。可是在下意識中，也會感覺到聲音的音調變化。就測謊機來說，這方面其實更準確。」

「你怎麼可以每次都說得這麼篤定？」

「我只是把我心裡所想的照實說出來而已。」

百合根說：「如果青山先生說的是真的，那麼翠小姐就不只是聽心跳和呼吸，而是靠聲音的音調來聽出笹井說謊的。」

翠說：「那只是青山的判斷而已，我可沒有自信。」

「可是，笹井說謊的可能性很高。」

「但就是不知道是什麼樣的謊呀。我們必須慎重……」

「肯定是和日野的死有關。」

「這一點也不能確定。」

至今一直默默傾聽的山吹這麼說。

菊川問山吹：「那你認為情況是如何？」

「笹井先生畏懼『說不得』的禁忌。他對於回來之後述說在島上發生的事，或許有強烈的排斥。」

「青山說，那對笹井而言是很方便的禁忌。」

「如果老實遵守禁忌，是很方便。可是，菊川先生設法要問出在島上發生的事……我想這對他而言，是相當大的心理壓力。不能說和非說謊不可，是截然不同的。」

「啊……」青山叫了一聲。

菊川問：「怎麼了？」

「……這樣的話，說謊對笹井來說反而比較沒有心理壓力。」

「怎麼說？」

「就是呢，他對觸犯『說不得』有心理上的排斥不是嗎？說謊的話，就不算說出島上發生的事了。」

菊川思索片刻，然後說：「你是指，說出在島上實際發生的事會觸犯禁忌，說謊就不會，是嗎？」

「理論上是這樣啊。所以，就笹井的情況，他說實話的時候可能更緊張。」

百合根試著整理剛才山吹和青山說的話。

的確，理論上是如此。但是，這麼一來，事情就更加令人不解了。

菊川說：「發現屍體後通知現場監工，然後立刻開始打撈屍體……。笹井這麼說的時候很緊張，是因為想說實話，是這樣嗎？」

青山回答：「這樣的說法也能成立吧。」

「喂喂……」菊川說：「本來以為是回到原點，結果比回原點更糟了……」

9

下午三點半左右，高木獨自回到縣警本部。

菊川問：「赤城沒跟你一起？」

「解剖還在進行。赤城先生說他又不是小孩，會自己回來……」

「真是的，一點都不可愛……」

「請問我不在的期間，情況如何？」

「我們談了很多。其實呢，貴課課長叫我們盡量不要接近二階堂。」

高木別開視線，臉上出現為難之色。

「是嗎……。我個人也是希望盡可能不要見面……」

「他果然有事沒事就會管東管西嗎？」

「也不是管，就是會問案子辦到哪裡。」

「所以是很有影響力的人？」

「他是從基層一路當上警視正的前輩啊。退休的時候是在總務部，所以知道很多事情。」

「很多事情啊……」

菊川別有意味地低聲說。

他心裡在想什麼，百合根也有一定程度的理解。

一般說到警察，都會聯想到穿著制服的地域部或地域課的員警，或是刑警。然而，在總務部之類的管理部門服務的警察也很多。

而這管理部門也是升遷的管道之一。同時，也會接觸到警察內部很多秘密。

若從事人事方面的工作，要接觸到警察的個人資料並不難。換句話說，只要有心，甚至能掌握同事的弱點。

「二階堂先生在職時很照顧部下，發言也很有力。即使是現在，還是有不少縣警職員在他面前抬不起頭。」

高木進一步說明。

菊川點點頭。

「所以即使他現在已經退休，他的發言還是沒有失去效力吧？」

「如果是高考出身的，會在國內各地調動，可是一般警察會在縣警一直服務到退休。」

換句話說，便是在當地一直擁有勢力。

百合根心想，也許這也是ST被找來的原因之一。

在被傳說綁手綁腳的同時，縣警內部又有人掣肘。也許有人認為外來的人就能夠擺脫這些束縛。

那個人到底是誰呢？

這個問題問高木是否恰當？百合根猶豫不決。

然而，應該是要知道的。於是他決定豁出去問問看。

「請問……，提議要把我們從東京找來的，是哪一位？」

「啊……？」

「這個提議應該有點奇特吧。我有點好奇是誰提出的……」

高木楞住了。

「這個，我只是依照上面的指示行動……」

「所以您不知道嗎？」

「是啊，我不知道是誰提議的。」

菊川問百合根：「警部大人，怎麼這時候突然在意起這個？」

百合根看看高木，然後回答：「我是想問問那個找我們來的人，對我們有什麼期待……」

「有什麼期待？除了釐清事實之外還會有什麼？」

「不是要我們抓出來是什麼在妨礙大家釐清事實嗎？」

「那就是沖之島傳說吧。」

「我開始覺得很難說在妨礙的只有傳說了。」

菊川無言地望著百合根。恐怕也想著同一件事。

山吹問高木：「關於沖之島的傳說，我希望多詳細了解一些……」

山吹想必是察覺氣氛不對，想要改變話題吧。這樣的貼心，非常具有山吹的風格。

高木不太有把握地說：「詳細啊，我自己也是只知道個大概。」

山吹笑咪咪地說：「當地人的大概，對我們外地人來說，一定是很寶貴的參考。說起來，『說不得』是什麼時候傳下來的呢？」

「詳情我也不知道，不過好像江戶時代就有這個說法了。『不得帶走一草一木』好像也是江戶時代就有了。小時候，大人還告訴過我們『孝順的竹筒』這個故事。」

「哦，『孝順的竹筒』……。那是個什麼樣的故事呢？」

「據說是江戶初期的故事。當時，為了守衛沿岸，每一百日便有神官和步兵、水夫等人從黑田藩渡海到沖之島交班……」

所有人都專心聽高木說故事。

有一年，有個名叫吉田安左衛門的年輕人被選入了警衛隊。

安左衛門是個孝子，非常孝順年邁的父親。

到了島上，安左衛門注意到了神社後方長了壯碩的竹子，便想要用那竹子給每晚小酌的父親做個裝酒的酒筒。

安左衛門砍下竹子，做了酒筒。

而當他完成百日輪值，臨走之際便悄悄將那竹筒藏在船底帶走，作為送父親的禮物。

回程的船行駛到玄界灘的中途時，天氣突然惡化，風雨交加。

同船的一行人對天氣突然的變化大為驚訝，便猜想是不是有人觸怒了宗像神。

把船上搜了一遍，找到了安左衛門藏的竹筒。

同船的神官得知安左衛門觸犯了「不得帶走沖之島一草一木」的規定，氣得把那個竹筒丟進海裡。

大海頓時平靜，船才得以繼續航行。

安左衛門精心為父親準備的禮物不但沒了，又被神官和同事重重責怪，整個人失魂落魄地望著大海。

不料，竟看到神官丟進海裡的竹筒挨著船般漂在海面上。

安左衛門認為是神明原諒了他。

船一抵達博多港，他便從海上撿起那個竹筒。然後，帶回父親身邊。

不可思議的是，拿那個竹筒裝水，水就會變成香醇的美酒。

「……就是常見的孝順的故事……」

高木有點害羞地以這句話結束了這個故事。

「原來如此……」山吹說：「果然是要在地人才會知道的故事。也許有人會說這只不過是個民間神話，但這個故事包含了許多重要的資訊。」

高木眨了眨眼。

「重要的資訊？」

「是的。我們可以知道，首先，江戶時代沖之島是由黑田藩管理的。還有，當時島上不只有神官，為了守衛還派有步兵等駐防。他們會在島上停留一百天之久。從故事中也可以得知，在江戶初期沖之島的禁忌便已廣為人知。」

菊川問：「這和調查有關嗎？」

「無論是什麼資訊，都可以成為辦案的參考。」

「話是沒錯，但現在對我們來說最重要的，是兩天前沖之島上發生了什麼事。」

「這我知道。所以我們才要與關係人談話，但他們的說詞卻有可疑之處。

而這說詞的真偽又百分之百與沖之島的傳說有關。」

「沒錯……」青山說：「是島上的傳說妨礙了辦案。原則上除了神官都不得上岸。島上看到、聽到的事，絕不能說。不能把島上的任何東西帶出來……。這樣，本來是沒辦法調查的。」

山吹點點頭。

「高木先生說的『孝順的竹筒』，是打破禁忌的人的故事。也就是告訴我們，比起遵守不得帶走一草一木的禁忌，宗像的神明更看重孝道。」

菊川有點不耐煩地說：「所以那又怎樣？」

他不明白山吹的用意，開始煩躁了。

「就是，島上的禁忌不是絕對的。如果笹井先生認為禁忌至高無上，不願說出事實，那麼我們也許可以以此說明，取得他的諒解。」

「哪有可能這麼順心如意。」

「不知道那個禁忌，是什麼時候、為了什麼而形成的呢？」

青山打算問到底。

菊川的表情更難看了。

「為什麼要在意這種事？」

「沒為什麼。」

高木對青山說：「沖之島開始舉行祭祀，是在西元四世紀後半……，據說是西元三百多年快四百年的時候。」

「那時候，應該還沒有『說不得』啦，不能把東西帶出來這類的禁忌吧？」

「這個，我不是歷史和宗教的專家，所以……」

山吹代替高木回答：

「那時候應該是沒有不能說出看到和聽到的事、或是不准把東西帶走這些禁忌，那多半是後來才形成的。不過，那裡是舉行祭祀的神聖場所，所以我想應該是有不得擅闖、女人禁入之類的規定。」

「神聖的場所是誰決定的？」

「不是由哪個人決定，是自然形成的。比方說最近流行能量景點這個詞。

大型的神社佛寺，通常草木茂盛，本來，人們自然而然就會在具有這類力量的土地上建造神社。沖之島自古便是連接中國、朝鮮半島、九州、山陰等地的海上交通要衝，向來便是備受重視的島嶼吧。」

高木點點頭。

「《日本書紀》上記載了『道主貴』這個別名。貴寫作貴族的貴，據說是對神明最尊崇的敬稱。換句話說，《日本書紀》將沖之島記載為至高無上的交通之神。據說遣唐使也一定會繞到沖之島，祈求航海平安。」

山吹問：「沖之島聽說也被稱為『海上正倉院』？」

「是的。黑田藩在其中設置兵防的時代，島上的情況一概不得外洩，但日俄戰爭期間，由於設置了陸軍的防衛基地，島上的情況才漸漸為外界所知。據說日俄戰爭期間，擔任神官的佐藤市五郎從樹上眺望了整場日本海海戰。二次大戰後，總共進行了三次挖掘調查，共有八萬多件各種祭祀用品出土。第一次與第二次調查的出土文物全部被指定為國寶。第三次調查挖掘出來的，也成為重要文化財。現在，那些全都成了國寶。」

青山有些佩服地說：「哦，你說你只知道個大概，明明就知道很多嘛。」

高木靦腆地說：「因為地方報紙上經常有歷史遺產的報導啊。而且，又發生了這次的案子，所以其實我稍微查了一下。」

「也就是說，沖之島正是名符其實的寶島。」

「我聽說，以前留下的國寶級寶物現在在島上的神宮和參道上也俯拾皆是。」

「哦……」

青山似乎一下子被勾起了興趣。

「這件事，當地人都知道吧？」

「是啊，我想大家都知道……」

「他們為什麼到現在還嚴格遵守『說不得』和不得帶走任何東西的傳統，我大概知道了。」

百合根對青山這句話產生興趣。

「為什麼呢？」

青山回答：

「因為到處都是國寶啊，當然要規定不准帶走任何東西呀。要是沒有嚴格的禁忌規定，整座島馬上就被人翻過來了吧。」

「你是說，沖之島的禁忌是為了保護國寶而設的？」

「不是啦。我想，應該本來就有很多禁忌被當作是信仰的一環而傳下來，結果就防止了盜採偷挖。我想，多半從黑田藩設置神官和沿岸守衛人員那時候起，因信仰而生的禁忌就慢慢變質成了保護財寶的禁忌了。」

「很有可能。」山吹說：「宗教性的禁忌，本質經常被人遺忘，而變得傾向迷信，但若追究其起源，通常都有合理的理由。古代負責祭祀宗像神的神官，大概就知道沖之島上沉睡著很多重要的寶物。」

「島上到處都是國寶……」菊川對青山說：「你覺得這和這次的事件有什麼關係嗎？」

「這我哪知道啊。」

「我就知道你會這麼說。」

「只是啊……」青山說：「如果不是意外，而是他殺的話，最好把關聯性也考慮進去。畢竟，殺人最常見的動機，第一名是感情糾紛，第二名就是錢財了。」

菊川問高木：「宗像大社社務所的許可還沒下來嗎？」

「是的，還沒有。」

「不去勘查現場，摸索的狀態就要一直持續下去……。如果能把關係人帶去現場模擬就好了……」

青山問：「關係人，是指現場監工蘆川和第一發現者笹井嗎？」

「對。」

「帶去幹嘛？」

「就是現場勘驗啊，在現場向他們問話。笹井很可能因為沖之島的禁忌而說謊不是嗎？換句話說，在島上發生的事，在島外不能說。那在島上就能說了不是嗎？」

「就算去了島上，又不見得會馬上說實話。」

「有一定程度可以判斷啊？」

「怎麼判斷？」

「我們有人肉測謊機呀。」

菊川這句話，讓翠嘆了一口氣。

「我說呢，沖之島是女人禁入的。我不能去。」

「啊……」

菊川臉色一沉。

「對喔……」

不僅有「說不得」和不准帶走任何東西的禁忌，就連女人禁入的規定也在妨礙辦案。

實在很難做事——百合根這麼想。

當地警察的確很難調查，所以才會找來ST，但禁忌依然阻擋著他們。

翠的一句話，讓所有人都陷入沉思。

這時候，赤城回來了。

「大夥兒是怎麼了，個個垂頭喪氣……」

菊川問赤城：「解剖結果如何？」

「是他殺。」

赤城直接了當地說。

10

菊川似乎驟然回到現實，對赤城說：

「請詳細說明一下。」

「死因是頭部撞擊導致的頭蓋骨凹陷骨折及腦挫傷。左右胸腔內沒有暗紅色積液。矽藻檢驗並未自器官中驗出矽藻。各器官亦無淤血或溢血點。氣管內也沒有白色泡沫。」

外行人可能很難懂，但這番說明對搜查一課的菊川便足夠了。

若活著落水吸入海水等液體，死後液體會滲至肺臟外側，也就是進入肺腔。暗紅色積液就是這樣來的。

若是喝入大量的水，器官中也會驗出水中所含的矽藻。各器官的淤血及氣管內的白色泡沫，都是溺斃會出現的現象。換句話說，日野並非溺斃，而是死後才浮在海面上的。

「頭部撞擊所導致的頭蓋骨凹陷骨折及腦挫傷……」

菊川如確認般重複赤城的話。

「意外也有可能造成這樣的傷勢吧。」

「當然有可能。以頭蓋骨會凹陷的力道往後倒，直接死亡，然後再掉進海裡。可能性微乎其微，但不是沒有……」

百合根說：「會不會是從高處跌落……」

「也有這個可能。但是，在這種狀況下，一定會有其他外傷才對。但外傷只有頭部骨折和腦挫傷。」

翠說：「他穿著潛水衣吧？是不是潛水衣發揮了保護的效果？」

赤城搖搖頭。

「頭蓋骨骨折，可見衝擊力道相當大。以這樣大的衝擊而言，區區潛水衣防不了外傷。」

菊川問：「頭部的傷是什麼樣子？」

「是被表面不平整的鈍器毆打造成的。也有可能是大石頭。而且，毆打不止一次。頭部受到好幾次撞擊。」

「好幾次……」

「對。這就是我判斷為他殺的依據。」

「換句話說，他是遭人以鈍器或石頭毆打數次致死。之後，屍體被丟棄到海裡？」

「這個可能性最大。」

青山說：「真想把這個驗屍的結果告訴笹井。他一心想讓我們認為是意外……」

菊川點點頭。

「也應該告訴二階堂。既然是他殺，就必須進行徹底調查。」

百合根對高木說：「我們要以他殺來進行偵辦，縣警方面沒有問題吧？」

高木不太有把握地說：「我會先向上面報告。」

「由於是偵辦殺人案，必須重新向關係人問話。」

聽百合根這麼說，高木點了好幾下頭。

「是啊，的確如此。首先，要從哪裡開始？」

菊川說：「要從頭來過。先從『下山建設』開始。」

正為外出做準備時，安川課長與守口係長隨著高木來到會議室。高木是去報告ST判斷這次的事為他殺。

「說是他殺，沒錯嗎？」安川課長說。

百合根回答：「從解剖的結果看來，我想大致是沒有錯的。」

「請不要說我想、大致。我們也必須正式向媒體發表，需要確實的回答。」

赤城回答：「除了他殺沒有別的可能。」

安川課長繃起臉。

「目前是連現場勘查都還無法進行的階段。要斷定是他殺，會不會言之過早？」

菊川說：「是不是有什麼理由讓您想延遲判斷？」

「我只是想更慎重處理。綜合關係人的說詞之後，縣警才認為是溺斃……」

「這個想法是錯的。解剖之後，發現了新的事實。只要訂正錯誤即可。」

「話是沒錯……」

菊川更進一步說：「您說過，不希望我們太過接近『下山建設』的二階堂先生。可是，既然已斷定是殺人案，就必須再去查訪。」

「為什麼？該問的都問過了吧？」

「如果是意外，那樣就夠了。可是，既然是殺人案，人際關係方面也不得不加以調查。」

「人際關係……？你是說事情和『下山建設』之間有什麼關係嗎？」

調查人際關係，便意味著有某種關聯，或是有所懷疑。

菊川的神情帶有狠勁。

「這個就是我們要弄清楚的。喔，還有，請不要事先通知二階堂先生。可以的話，我們想看他的真實反應……」

安川課長的表情變得很複雜。是想拒絕、卻又不能說不的樣子。

只見他默默無言，轉移了視線。

菊川又說：「還有，趁這個機會想請教一下，是哪一位提議把ST從東京找來的？」

安川課長瞪著菊川。

「為什麼想知道這個？」

「沒有為什麼，就是想了解一下。」

「我只是照部長的命令行事。我不知道是誰提議的，恐怕是部長的主意吧。」

「部長……。刑事部長嗎？」

「對。你要直接去問部長嗎？」

「不了，我可沒有膽子直接跟本部的部長談。」

菊川應該是幫百合根問的吧。

本部的部長，權限僅次於本部長。在百合根和菊川眼中，是高不可攀的人物。

百合根心想，既然是部長的主意，那一定沒有人敢反對吧。

「請說明斷定為殺人的依據。」安川課長說。

百合根說：「赤城先生，麻煩你了。」

赤城把剛才的說明又重複了一遍。

安川課長與守口係長都靜靜聽他說明。

赤城說完之後，兩人也都不發一語。

正當百合根猜想他們大概不接受時，安川對守口係長說：

「你覺得呢？」

守口係長立刻回答：

「我認為是很合理的判斷。」

安川仍繃著一張臉，點了點頭，接著對百合根說：

「事情我明白了。既然是殺人案，縣警也必須調整狀態，勢必要成立專案小組。接下來，應該由專案小組承辦。」

「請等一下。」百合根趕緊說：「您的意思是，沒有我們的事了？」

「以我的認知，本來就是因為無法判斷是意外還是殺人，才請幾位來的。既然已確定是殺人，接下來就由我們負責。」

「這，可是……」

百合根詞窮了，只聽青山說：

「這就奇怪了……」

安川課長看著青山。

「奇怪……？哪裡奇怪？」

「就像我們剛才說明的，之所以能夠斷定為殺人，是因為進行了解剖。就算我們不來，只要解剖，應該就能判斷是否為意外。」

安川課長的臉垮下來了。

「我們和警視廳不同，預算不算充足……。無法讓所有的非自然死亡屍體全都進行解剖。」

「可是，難以判斷的案子，應該優先送解剖不是嗎？」

「這個嘛，我們也是考慮過若有必要，便要採取解剖之類的方法。」

「我倒是覺得，你們對於及早提出結論，看起來十足像是有所猶豫。」

「那是不可能的。」

「是嗎……」

「當然。我們希望能迅速破案。」

「你是說真的？」

「當然。」

「既然這樣，我想你最好不要把案子從我們這裡搶走。」

「搶走……？沒這回事。為殺人案成立專案小組，是正確及正當的處置不是嗎？」

「當然是啊。可是，就是因為本地的警察辦案有困難，才找我們來的吧？就算成立了專案小組，這些情況也是不會變的，不是嗎？」

「本地警察辦案有困難……？這話是誰說的？」

安川課長往高木瞄了一眼。

高木不敢對上他的視線。

青山回答：「不用別人說也知道啊，因為案子發生在特殊地點。接下來就算成立了專案小組，我想本地的偵查員也很難辦事。這一點，我們外來的人在活動上相對比較自由。」

安川想了想。

百合根暗自對青山的態度感到意外。

他原以為，聽到沒他們的事了，青山會頭一個高高興興地準備回東京。

平常，他總是對案子顯得興趣缺缺。可是這次卻說「不要把案子從我們這裡搶走」。

這讓百合根產生一種印象，覺得他似乎在針對安川課長。

本來，他應該懶得進行這種對話，會全權交給別人的。

他到底在想些什麼呢？

或者純粹只是一時興起……？

安川仍舊無言。

大概是發現到這一點，守口係長發言了：

「福岡縣警也不全都是當地人啊。高考組的人都是外地來的，應該不會那麼在意沖之島的傳說。」

「所以啊……。這樣的話，幹嘛找我們來？」

守口有些吞吞吐吐。

看樣子是顧慮安川而不敢說。

「我想是有鑑於ST各位的成績。」

守口只說了這句，便沉默了。

安川說：「既然各位想繼續調查，那就要請各位加入專案小組。」

青山回答：「我們要以我們的做法行事喔。否則，特地從東京來到這裡就沒有意義了。」

「在專案小組裡，得請幾位和其他偵查員同步，不然很難做事。」

「我們不是應該要做只有我們能做的事嗎？就像解剖這樣……」

眼看談話就要沒有交集了，百合根說：

「我們也認為洗頭不能只洗一半。我想，如今總不能把案子丟下回東京……」

「加入專案小組後，請遵照專案小組的方針行事。這是繼續辦案的條件。」

百合根認為，這時候最好多少讓步一下。

「既然要成立專案小組，我們自然應該參加。」

安川點點頭。

「那麼，關於今後的調查，我們後續會再聯絡。」

說完，他便離開了會議室。

百合根還以為守口係長也會跟著安川一起走，但他卻留下來了。

他看起來有話要說的樣子，百合根便問守口：

「您剛才說，高考組都是外地來的，對沖之島的傳說沒有那麼在意是吧？也許真的是如此，但實際在現場進行偵查的本地警察，難道不會遇到很多困難嗎？」

守口說：「您說的沒錯，是很困難。所以，我才越過課長向部長呈報，建議把幾位從東京請來。」

「呈報……？」

百合根吃了一驚。

「是您向刑事部長呈報的？」

「是的。」

「為什麼沒有向課長，而是向部長……」

守口又無語了。

顯然是不願意說明理由。

一直沉默的高木發言了。

「課長在二階堂先生底下待了很久。」

聽到這句話，菊川喃喃地說：「原來如此……」

「您曾說過，二階堂先生以前是管理部門的吧？」

百合根問。

高木回答：「嗯，是的。」

「在二階堂先生底下待了很久，那麼安川課長並不是一直都是刑事部的人囉？」

「是從警務部留置管理課調到刑事總務課，後來成為課長。沒有什麼辦案經驗。」

菊川對守口說：「您說會有困難，指的不光是沖之島的傳說，還有二階堂的影響力是嗎？」

守口低下頭思索著，但終於下定決心般抬起頭來，回答菊川：

「是的，縣警的人很難採取行動。」

「意思是像安川課長這樣的人很多？」

「是的。縣警本部裡，有很多人與二階堂先生或多或少有牽涉。其中，也有人至今仍認為不能違逆二階堂先生。」

「是對方握有這些人的弱點嗎……」

「……應該是感恩在心。」

這樣的例子也不少。

像握有把柄這類負面的影響力，有時會因反感而反抗。

但要反抗有恩於自己的人就很難了。

百合根問守口：

「二階堂先生具體上會對你們說什麼？」

「目前只是問很多問題而已……」

菊川說：「這樣會造成辦案資訊外洩吧。」

「二階堂先生本身以及很多縣警的職員，都不認為他是外人。」

警視廳也有這種傾向。

一直服務到退休的OB，自己人的意識很強烈。

百合根猜想，在地方上這樣的關係一定更加濃密吧。

菊川說：「但實際上是外洩了。這會出問題。」

「當然，我們不會提供重要的辦案資訊。這方面安川課長也有分寸。」

「目前只是問問題，但你的意思是，接下來就不止是這樣了？」

「我想，很可能會提出什麼要求。而安川課長只怕不敢說不。」

「果然是蓄意不要立刻判斷是意外或他殺的。」

青山說：「這也是那個二階堂指使的？」

守口搖搖頭。

「他並沒有明說。但二階堂先生顯然很希望我們這麼做，所以……」

「安川課長便遲遲不做出結論？」

「是的。」

「應該不是只有延遲判斷而已吧？」

守口皺起眉頭看著青山。

「這話是什麼意思？」

「因為，如果只是把結論延後公開，對二階堂來說沒有意義啊。二階堂想要的是對『下山建設』有利的結論不是嗎？」

菊川對守口說：「課長先生本來是打算提出對『下山建設』有利的結論嗎？」

守口別過視線。

「我不知道課長的想法。」

青山說：「不過，照理來想是這樣吧。」

守口係長垂下眼，說：「他也許認為這種程度的事不是什麼大問題。」

「不是什麼大問題？」菊川說：「為了自己有利而扭曲事實，還認為不是什麼大問題？警察怎麼能容許這種事。」

「這也是在權限之內……。課長是有這種想法的人。」

「傷腦筋啊……」

菊川喃喃地說。

「但是，現在結論出來了，是他殺。」赤城不耐煩地說：「那個叫二階堂的，現在也無話可說了吧。」

青山回應：「但願如此……」

青山在想些什麼呢？百合根十分好奇。

11

一行人依菊川所提議的，來到「下山建設」。

ST五人也一起來了。當然，負責當嚮導的高木也同行。換句話說，又是浩浩蕩蕩的八人大隊。

向櫃台表明找二階堂的來意。和上午一模一樣，在大廳等候時，二階堂來了。

「又是你們啊。」

只見他臉上露出苦笑。

菊川說：「調查有了新進展……」

「新進展？」

「沖之島的事，已判定為他殺。也就是殺人案。」

二階堂一副吃驚的樣子。

「殺人案？」

這件事，他應該有幾分料到了才對。

百合根心想，他之所以吃驚，也許是因為沒有在第一時間接到安川的通知。

「是的。這次，我們必須以偵查殺人案的角度來與您談談。」

「我們公司和命案無關。我們只是承辦沖之島的港灣工程而已，而這分工作，已交給了外包的『蘆川土木』。」

「這部分我們很清楚。關於死去的潛水夫，您對他有沒有什麼了解？」

「我說了，這些請你們去問『蘆川土木』。」

「當然，我們會再去問。請您回答問題，對於死去的日野先生，您有沒有什麼了解？」

「我們公司與此全然無涉。所以，關於死者我一概不知。」

百合根悄悄朝翠和黑崎看。

他們一直盯著二階堂。看來正專注於捕捉他的生理變化。

「是嗎。」菊川說：「想請問您一個問題作為參考，『下山建設』打算如何處理這次的案子？」

「什麼都不會做啊，畢竟跟我們無關。」

「社會大眾也許不會這麼想。因為是貴公司承辦的工程，卻在施工中發生了殺人案啊。」

「殺人案這是誰都預料不到的。如果是意外，或許還能防止，但殺人案我們無能為力。」

「嫌犯相當有限，顯然就是能登上沖之島的人。換句話說，除了神官，就是工程相關人員了……」

二階堂的表情變得煩躁。

「所以啊，我們承辦工程，完全是手續上的作業而已，實際進行施工的，是『蘆川土木』。就算凶手就在施工的作業員之中，也和本公司無關。」

「事情沒有這麼簡單。既然承辦了，就必須為整體工程負責。況且這次施工中發生了殺人案，而且凶手只可能是工程的關係人。」

「你這是找碴。現場的負責人是『蘆川土木』的蘆川社長。」

「怎麼會是找碴呢，社會大眾的看法便是如此。恐怕媒體會追究貴公司的責任。」

二階堂越來越煩躁。

「總之，本公司與命案無關。我們承辦了工程，交給外包公司。就這樣。」

菊川想了想，但終於點頭。

「貴公司與『蘆川土木』的交情如何？」

「那是外包公司，曾經合作過幾次吧。」

「往後也會繼續合作嗎？」

「這個嘛，就要由相關負責部門來判斷了。公關部不便發表意見。」

「好的。百忙之中打擾您了。」

二階堂似乎有些意外。

「沒問題了嗎？」

「您對死者一無所知啊？既然如此，我們沒有其他問題了。」

菊川點個頭，便走向出口。

百合根趕緊跟上去。

等所有人都回到車上，百合根對菊川說：

「你走得好乾脆啊……」

「哼，又不是問得越久越好。」

菊川好像有些不滿。

「你心情好像比平常更差。」

「不是結城或黑崎，也看得出二階堂說謊。」

菊川說的沒錯。

二階堂的態度與一切照實吐露相差太遠。

「只是不知道他哪一部分說了謊？」

「我真正想知道答案的問題，就只有一個。」

菊川往翠看。

翠聳聳肩，說：「二階堂的確一直處於緊張狀態。也許是因為不得不說謊。我照青山說的，也注意了聲音的音調……」

「前言就不必了。」菊川說：「他哪部分說了謊？」

「我說過好幾次，不能明確肯定是說謊。這一點，你可以理解吧？」

「我知道。」

「二階堂最緊張的，是回答對死者一無所知的時候。」

菊川點點頭。

「我最想知道的就是這個問題的答案。」

百合根對菊川說：「也就是說，二階堂知道死者日野的背景？」

菊川問翠：「知道的可能性很高吧？」

「的確無法否認有這個可能性。」

「如果，『下山建設』和死者日野直接相關，那與殺人案就不是完全無關了。」

百合根很吃驚。

高木也是一臉驚訝。

「『下山建設』和殺人案有關……？」

菊川對百合根說：「不必這麼吃驚吧。聽好了，這次的現場是個非常特殊的地方。因此一直到現在都還沒有進行現場勘查，訪查也不順利。可是呢，正因為特殊，嫌犯也就有限。換句話說，嫌犯就在案發時在島上的人當中。」

百合根點點頭。

「就是在島上輪班的神官，以及港灣工程的作業員。」

「對。這些作業員有『蘆川土木』的員工，以及臨時工和潛水夫。」

百合根問高木：「有這些人的名單嗎？」

「當然有。但是，命案已經是兩天前的事了，到現在還問不出個所以然……」

「這也是沒辦法的。」菊川說：「是今天才確定是殺人案，又有人故意延誤調查啊……」

百合根說：「清查當時在島上的作業員與其他人等，一定能過濾出嫌犯。」

「一般是會這麼想。」

百合根對這個說法有點好奇。

「所以不能依照一般的想法來想？」

「不，警部大人，請別介意。也許是因為現場太特殊，我也變得神經質了。」

這時候，青山說：「我很好奇……」

菊川問：「好奇？好奇什麼？」

「菊川先生為什麼會想知道呢？『下山建設』的人是不是知道死者的背景……」

菊川看著青山的臉，一副若有所思的樣子。

「你為什麼會對這種事感到好奇？」

「是刑警的直覺？這常常會直指案件的本質不是嗎？」

「才不是什麼直覺。我是站在二階堂的立場思考。」

「二階堂的立場……？」

「對。我們上午去過『下山建設』之後，安川課長馬上就叫我們不要靠近。這就意味著，是二階堂去交代安川課長的。站在二階堂的立場，換個說法，就是他不希望我們接近『下山建設』。」

「對啊，應該是。」

「為什麼不希望我們接近呢……一定是有什麼事不想讓我們知道。否則，他應該會更合作的。他是警察OB，應該很了解第一線警察的辛苦才對。」

「的確……」高木說：「以前好像比較合作。」

「『下山建設』在這件事上有什麼隱情。頭一次見面時我就有這種感覺。」

百合根說：「這讓你很不滿？」

「警察OB對警察有所隱瞞……我當然會不滿啊！」

「也對。」

「他到底隱瞞了什麼……。我認為一定和命案有關。這麼一來，第一個想問的，就是和死者的關係。」

「原來如此。」青山說：「滿合理的。」

「那當然。我又不是隨便想到什麼就問什麼。」

「哇喔……」

菊川對高木說：「好，接下來好好問問蘆川。」

同一天警察上門兩次，蘆川顯得很驚訝。

菊川對蘆川說：「經過解剖，已知死者極可能是遭人殺害。」

蘆川一臉困惑，喃喃地說：「殺害嗎……」

「可能是遭人從背後毆打致死。」

一樓的辦公室很小，所以只有菊川、百合根、高木三個人進去。ST五人從敞開的門外往辦公室裡看。

菊川問蘆川願不願意到車上，好方便說話，蘆川立刻答應了。

一行人魚貫移至小巴。

他們讓蘆川坐在前面的座位，菊川坐在隔著通道的鄰座。百合根與高木並肩坐在蘆川後排的位子聽他們問答。

蘆川前一排的座位則是翠與黑崎。

赤城坐在最後面一副無所事事的樣子。

青山和山吹則是選擇了不遠不近的座位。

「上次，我們簡單問了幾個問題，但現在是偵辦殺人案，所以必須向您請教更詳細的問題。」

聽菊川這麼說，蘆川不自在地扭動身子。

「笹井來通知我，我只是看到屍體而去通報而已……」

「能不能請您詳細說明當時的事？」

蘆川顯得更不安了。

「島上發生的事我不能說。」

「上午青山說的話您還記得嗎？」

「啊……？」

「您是從船上通報的吧？而且，打撈屍體時，當然也是在船上。我們並不是問您島上發生的事。現在想請您說的，完全是發生在船上的事。」

蘆川沉思片刻。

「屍體是四個人打撈起來的。」

「四個人……？」

「兩個正好結束作業從海裡回來的潛水夫，我，以及最早發現屍體的笹井四個人。兩個潛水夫下海，把屍體推上來，由我和笹井拉上船。」

「您看到屍體時，是什麼狀況？」

「我們已經結束作業，我為了準備返航而在船上。這時候笹井來了，通知我說有潛水夫浮在海上。我一看，穿著潛水衣的日野就浮在海面上。我看他頭部流血，覺得不妙，就決定立刻把他拉上來。」

「笹井先生來通知之後，立刻就開始打撈嗎？」

「對……。我立刻著手打撈。可是，那時候船上只有兩個人，我不知道怎麼做才好，可能呆立了一陣子。」

「船上只有兩個人……？您和笹井先生嗎？」

「是的。」

「船是您包租的漁船吧。那艘船的船主和船員呢……？」

「船主在別的地方休息。他送東西去給神社的神官，就直接在神社休息。」

「您說您可能呆立了一陣子。就時間而言大概是多久？」

「這個……。我想是二、三分鐘吧，不是很清楚。」

「然後呢……？」

「兩個潛水夫回到船上。他們都還穿著潛水衣，我說明了原委，請他們跳進海裡。然後，四個人把屍體打撈上船。」

「日野先生和其他作業員之間，有沒有發生過什麼問題？」

「我想沒有。」
「日野先生是臨時工吧？」
「對，是的。」
「能請您說說雇用臨時工的經過？」
「有港灣工程的時候，才按次找。專業潛水夫並不多……」
「按次找，這麼說，您從以前就認識日野先生囉？」
「我和其他三名潛水夫合作過很多次，不過日野先生是第一次，是別人介紹來的。」
「介紹？誰介紹的？」
「『下山建設』。」
百合根聽到這句話大吃一驚。
菊川應該也很吃驚。但他完全不動聲色，繼續問：
「『下山建設』的哪一位？」
「土木課的牛久先生。」

「全名是？」

「呃，我記得是牛久利昭。土木課的課長。」

牛久利昭。沒聽過的名字。

二階堂説日野和「下山建設」無關。然而，將日野介紹給蘆川的，卻是「下山建設」。

這是怎麼回事？

「日野先生與其他潛水夫和作業員處得好嗎？」

「嗯，我想沒有問題。當天是工程的第一天，也許有些不習慣的地方，不過其他潛水夫也會幫忙，他好像也漸漸習慣了。」

「當天是第一天……。那麼，很多人都是當天才頭一次見到日野先生了？」

「所有人都是頭一次見到他，包括我在內……」

菊川沉思。

百合根也想像得到他在想什麼。

既然是初次見面，應該不會產生強烈到動手殺人的情緒吧。

也不太可能在作業途中因一時衝動而將他殺害。

菊川確認般問：「包括三位潛水夫在內，直到抵達島上，當天的工作人員都沒有人見過日野先生？」

「沒有。我們是半夜從神湊的棧橋搭『第五照榮丸』出航，所以說好晚上十二點在那裡集合。日野先生是直接到那裡的。」

神湊是宗像市的港口，前往宗像大社中津宮所在的大島的渡輪，便是從這裡開出去的。

菊川問百合根：「有沒有其他問題？」

百合根沒有想到什麼問題。

「沒有……」

結果，山吹發問了：「我可以問嗎？」

蘆川轉動上半身，去看坐在後面的山吹。

山吹問：「作業員當中，有宗像市出身的人嗎？」

「啊……？」

蘆川一臉沒料到會問這個問題的樣子。

山吹又問了一次：「宗像市出身的人。或者，是跟宗像市有淵源的人……」

「我父親就是宗像市出身，我小時候也住在宗像市。」

「只有您而已嗎？」

「我記得笹井好像也是，怎麼了嗎……？」

「是嗎……。沒有，只是想確認一下而已。」

山吹的神情顯得有點悲傷。

這點讓百合根很在意。

12

告別蘆川時，是晚上七時許。

菊川問翠和黑崎：「如何？有沒有說謊的徵兆？」

翠與黑崎對望。是無言但確認的樣子。

然後，翠回答：「他最緊張的是回答這段的時候：『笹井來通知我，我只是看到屍體而去通報而已。』」

「這麼說，他做的不止這些囉？」

「這我就不知道了。」翠回答：「也有可能是回答的時候想起了屍體而造成緊張。也有可能是因為其他的問話，大多是問和死者之間的關係，相較起來壓力較小。」

翠非常慎重。

由於是殺人案，無論如何都必須避免冤獄。

這一點菊川應該也很清楚。

「我說的是可能性。蘆川有可能不只是接到笹井的通知並且通報而已。」

翠沒有回答。

菊川說：「好，下一個是笹井。」

青山立刻說：「我們回去了啦。」

菊川皺起眉頭。

「這很重要，不能往後延。」

「不用問，我也知道他會說什麼。」

「笹井想讓人以為這起命案是意外。如果跟他說是殺人案，也許他會有所反應。我們要去看他如何反應。」

青山聳聳肩，沒有再反對。

車子已經駛向笹井的公寓。

「房間燈亮著……」

抵達時，是七點半左右。

菊川看了房子之後這麼說。

屋裡很熱鬧。按了對講機，過了一會兒笹井出來了。

看樣子渾身酒氣。

「我正和朋友開趴……」

菊川不理會，說道：「沖之島的案子已經判定是殺人案了。所以，想重新請教您一些事……」

「殺人案……？不是意外嗎？」

「不是。我們認為是殺人案。」

「我有客人欸……」

「不會耽誤您太多時間的。可以請您到車上談談嗎……」

笹井想了想，回答：「好吧。我去跟我朋友說一聲。」

笹井先回屋裡，很快便又出來。

眾人以剛才跟蘆川問話的陣勢開始提問。

菊川問：「我先確認之前您所說的。您發現穿著潛水衣的日野先生浮在海面上，於是立刻通知在船上的蘆川先生，然後著手進行打撈屍體。是這樣沒錯吧？」

「對啊。」

「那時候，您與蘆川先生在船上？」

「對。」

「是『第五照榮丸』對嗎？」

「對啊，當然。」

「那時候，有誰在船上？」

「我說過了，我不想說島上發生的事。要是神明懲罰我，你要負責嗎？」

這時候，青山從後方座位說：「問你喔，你知道『孝順的竹筒』這個故事嗎？」

笹井朝青山那邊看，說：「那是什麼啊……？」

「黑田藩一個叫作吉田安左衛門的人的故事。他被派往沖之島，砍了長在沖之島的竹子，要拿竹筒送給父親……」

「哦……。好像聽說過。那又怎麼樣？」

「這個故事裡，孝行勝過了沖之島的禁忌。也就是說，只要是好事，我想沖之島的神明也會原諒的。」

「好事？」

「你說了實話，協助辦案，我認為也是很了不起的事情。沖之島的神明也會贊成的……」

「哪有這麼簡單！宗像三神是海神，我絕對不能對神不敬。我老爸可是捕魚的，要是我亂來，害我爸遇到暴風雨還得了。」

迷信與信仰不同，但人們在日常生活中卻經常混為一談。

神罰不見得會落在自己身上。但就像笹井剛才說的，一想到會波及自己的血親，就不敢對神明不敬了。

「我倒覺得不會有事……」

青山這麼說，但笹井默默別過眼睛。

菊川繼續發問。

「發現屍體時，您在哪裡？」

「哪裡……在港口啊。」

「那時候，其他作業員都在做什麼？」

「我想都還在工作。」

「您發現屍體時，人在港口。而其他作業員還在工作。您怎麼沒有和其他人一起工作呢？」

「因為我負責的工作很快就做完了，我才會回船上的。拜託，我真的不想談島上發生的事。」

「既然您不想談島上的事，那麼我們就只談船上的事吧。您告訴人在船上的蘆川先生有屍體浮在海上，於是蘆川先生便下令要安置屍體。沒有錯吧？」

「沒錯啊。」

「打撈屍體的作業，是幾個人進行的？」

「呃——，我剛才沒說嗎？」

「我還沒有從您口中聽到。」

「我想是四個人。有兩個潛水夫工作完回來了。」

與蘆川的說詞一致。

百合根心想，這一點應該可以相信吧。

「您說您是因為這分工作才頭一次見到日野先生，這一點也沒錯吧？」
「沒錯啊。」
「您知道牛久利昭這個人嗎？」
「牛……？那是誰啊……」
「『下山建設』的土木課課長……」
「喔，發包工作的課長，我怎麼可能認識。」
「死者日野先生據說是在這位牛久課長的介紹下，加入了這次的工作。這件事，您知道嗎？」
「我就說了，那種高高在上的人的事，我哪會知道。」
這時候，百合根注意到翠和黑崎悄悄對望一眼。
菊川應該也注意到了，他說：「您與日野先生是因為這次的工作才頭一次見面的吧？」
「對啊。」
「他有沒有和您談到加入工作的原因呢？」

「我們才不會聊這些。」

菊川點點頭。

「我可以問問題嗎？」山吹說。

大概是判斷菊川的問題已經告一段落。

菊川點點頭。

山吹對笹井說：「您剛才說，令尊是漁夫？」

「對啊。這次包租的船，也是透過我爸的關係跟漁會談的。」

「令尊是在宗像當漁夫嗎？」

「對啊。」

「您是在宗像長大的嗎？」

「對，一直到高中都住在宗像。」

「那麼，您很清楚沖之島是什麼樣的地方吧？」

「清楚喔……我以前從來沒去過。沖之島我這次是第一次去。因為，那裡平常是不可以去的。」

「可是，您知道那是個什麼樣的地方吧？」

「從小大人就教我們說是很神聖的地方啊。小時候聽到的話，腦子會一直記得。」

「『說不得』跟不准帶走一草一木這些，也是從小就知道囉？」

「對啊。」

「這些規矩，等於是深植於您心中是嗎？」

「對啊。」

「另一方面，您也知道沖之島是座寶山吧？」

「我倒是從來沒想過那裡是寶山……」

「可是，在那裡挖掘出來的東西，全都是國寶不是嗎。而這樣的東西，現在島上依然到處都是。」

笹井皺起眉頭。

「拜託，就算是國寶，我們也不覺得那是寶啦。」

「我們指的是？」

「就是我們本地大多數的人啊。又不能換成錢，大家都是真心相信那座島上的東西全都是神明的。」

山吹點點頭。

「這樣的想法，在現在是很難得的。」

「東京怎樣我是不知道啦，可是在宗像，現在大家還是這樣相信的。」

山吹似乎問完了。

菊川說：「謝謝您在百忙之中抽空協助。」

語氣相當制式化。

「害我酒都醒了……」笹井說：「重新開喝。」

他下車走了。

看他進了屋，菊川才問翠：「怎麼樣？」

「不清楚。」

「不清楚……？為什麼？」

「我想是酒的關係。他的心跳一直很快，呼吸也很亂。」

菊川看向黑崎。

黑崎難得開口。

「因為酒精的關係，其他微妙的味道被掩蓋了。」

換句話說，黑崎也和翠一樣聞不出來。

看來對於攝取了酒精的人，人肉測謊機是不管用的。

「可是呢……」翠說：「我想恐怕是酒慢慢醒了的關係，心跳和呼吸次數都有減少的傾向。不過，又有一瞬間忽然轉快。」

本來悶不吭聲地沉思的菊川轉動眼珠去看翠。

「問什麼問題的時候？」

「問到『下山建設』的牛久課長的時候。」

「他說他不知道牛久這個人，可見這可能是說謊。」

「是有可能。」青山說：「這就不符合山吹先生的條件了。」

菊川問：「山吹的條件？」

「對。就是也許笹井不是因為說謊而緊張，而是因為『說不得』的規定的關係，想說出島上發生的事時就會緊張的假設。」

「這也是。」菊川說：「『下山建設』的牛久課長的事，和沖之島的禁忌沒有關係。……那麼，你的看法是？」

「就不符合山吹先生『因為想說真話而緊張』的這個條件了。也就是呢，說謊的可能性很高。」

菊川想了想，然後點點頭。

「笹井知道『下山建設』的牛久課長……。或者是知道牛久課長和死者日野的關係……。是這樣嗎？」

「照理說，這是有可能的。」

「有必要找牛久談談了……」

菊川看看車上的時鐘。

百合根也跟著看時間。

晚間七點四十分。

青山說：「我們回去了啦，我餓了。」

菊川說：「你怎麼動不動就餓啊。」

「因為已經快八點了啊。」

「刑警的工作和時間沒有關係。」

「我又不是刑警。」

百合根說：「都這個時間了，就算去『下山建設』，牛久課長很可能也已經下班回家了。」

「不去怎麼知道。」

「我想最好明天再去。」

菊川環視車上所有人。似乎是在觀察大家的反應。

終於，他說：「好吧，今天就收工吧。反正，等專案小組一成立，就要展開不眠不休的調查了。」

「不眠不休……」

青山不勝厭煩地低聲說。

百合根並不會因為出差來到外地，就想吃什麼特別的料理。在東京，日本全國各地的料理幾乎都吃得到，也不乏世界各地的美食。

所以，隨便找個定食屋吃吃就夠了。但青山說難得來一趟，想吃博多美食，高木便貼心地又帶他們來到中洲。

「如果是冬天，會推薦大家吃石斑，但現在不當令。」高木說。

博多的石斑鍋很有名。

青山說：「那我想吃牛雜鍋。我還沒吃過道地的牛雜鍋。」

菊川皺起眉頭。

「不可以吃火鍋這種花時間的東西。我一吃完飯就要回縣警本部，要趕快吃一吃。」

百合根問：「你要回縣警本部？」

「他們說要成立專案小組。現在應該已經在召集偵查員了。」

高木說：「我想專案小組會設在宗像署，偵查員應該到那裡去了。」

菊川說：「這樣啊……專案小組都是設在轄區的嘛……。從這裡到宗像要多久？」

高木一臉驚訝。

「這個時間不太會塞車，三十分鐘就能到了……」

「三十分鐘啊……」

青山說：「今晚好好吃個飯，明天再去就好了啦。」

「我們不是來觀光的，是來工作的。」

「要我做事，起碼要先讓我吃飽啊！」

百合根對菊川說：「今天赤城先生解剖死者，翠小姐和黑崎先生也一直很耗神，大家都需要休息。」

菊川瞄了翠一眼。然後忽然洩了氣，說：

「好吧。就依警部大人吧……」

大家進了餐廳，享受了道地的牛雜鍋。

吃完飯心滿意足的青山突然說：

「我們的工作等於已經結束了。」

百合根吃了一驚。

「正規的偵查都還沒開始呢。」

「ST又不能偵查，我們並不是警察不是嗎。」

「可是，他們要我們參加專案小組。」

「所以我們可以向偵查員提出建議啊，如此一來，工作就結束了。」

「要是無心工作，你可以回東京。」菊川說：「反正你也幫不上什麼忙……」

「哎呀……」翠說：「我看青山挺熱心的呀……」

「這樣也叫熱心？」

「要是真的無心工作，他早就回飯店睡覺了。」

這倒是很有可能。

青山的確表現出幾分關心的樣子。

百合根問青山：「你說我們的工作等於已經結束了，意思是，你已經知道要向偵查員提出什麼建議了嗎？」

「縣警本部本來是因為難以判斷非自然死亡的屍體，究竟是意外還是蓄意不是嗎？經過赤城先生解剖，已經確定是他殺了。這樣，我們的工作不是已經完成大半了嗎？」

菊川不耐煩地說：「光確定是他殺，不能說工作已經做完了。我們必須針對殺人案提出建議。」

「咦——，可是，整個案情不是差不多都明朗了嗎？」

菊川和高木睜大了眼睛。

13

「明朗了？」菊川說：「今天一整天都在問話而已，正式的偵查明天才要開始。」

「我們又不必證明什麼啊？只要對辦案提出建議就好了。」

「不能隨隨便便建議。」

「隨不隨便，查了就知道。我想山吹先生也會贊成我的看法的……」

百合根、菊川、高木三人看向山吹。

他的神情祥和一如以往，說：

「是啊，我想青山先生說的雖不中亦不遠矣。」

「慢著慢著慢著……」菊川說：「那，意思是說，你們已經知道凶手是誰了？」

「我可沒這麼說。」青山說：「我只是說，已經知道是什麼性質的案子了。」

「話不能說得這麼含糊，偵查員不會接受的。」

「只要提示偵辦方向就好了吧？」

「那麼，你現在就說明給我聽。」

青山還沒回答，山吹便說：「在這之前，有幾件事要確認。」

「要確認什麼？」

「首先，是蘆川先生的神龕。我想先查查他祭祀的是什麼樣的神明。」

「神龕……？」

「還有，蘆川先生和宗像大社的關係。」

「為什麼要查這些……」

青山說：「搞不好挺重要的喔。」

「這種事在偵辦命案中會有多重要？」

「先查查看嘛。」

百合根對著一臉無法接受的菊川說：「專案小組一定不會查這些的。如果要查，就得由我們自己來了。」

菊川對青山和山吹確認般說：「這真的對偵辦命案有幫助？」

青山回答：「我才不會沒事找事呢。」

百合根心想，的確是。

青山的言行看似興之所至，但每每事後回想起來，完全合情合理，沒有一步是多走的。

菊川對青山和山吹說：「還有什麼要先查的？」

青山說：「蘆川先生在出事之後，有沒有跟包租的船接觸過……」

「我想是沒有的。」高木說：「而且出事之後警方就介入調查了……」

「等一下。你們怎麼把蘆川講得像凶手一樣。」

青山回答：「我沒這麼說。不過，蘆川先生肯定有涉案。」

「你為什麼會這麼認為？」

「是他通報、拍照的。能動手腳讓整件事看起來像意外的，除了他沒有別人。」

「你怎麼能這麼肯定？也許他真的是聽笹井講了，才發現有屍體的。」

「才不是呢。」

「所以為什麼啊？」

「關於這一點，翠小組和黑崎先生也指出來了，他在回答的時候說謊。」

「結城說，不能百分之百確定是說謊。」

青山搖搖頭。

「不，他在說謊。連我都聽得出他的聲調變了，而且也顯現在他的表情上。他的視線游移不定，而且瞳孔放大。」

「視線……？」

「人在說謊的時候，心理壓力一定會表現在舉止和表情上，例如摸頭髮、碰鼻子。就算笑了，也有半張臉沒在笑，或是視線亂飄。說話的內容方面，則是全面否定啦，代名詞變多啦。至於聲調，我已經說過了，翠小姐當然也注意到了。」

菊川問翠：「是這樣嗎？」

「他雖然壓低聲音，但高頻音域的確變多了。」

菊川對青山說：「但是，偵查員不會認可人肉測謊機的。未經本人同意做這樣的檢測，也會被當作非法偵查。」

「並沒有檢測啊。翠小姐、黑崎先生和我，都只是聽他說話而已。經驗豐富的刑警不也是從問話就可以聽出很多端倪嗎？跟那個是一樣的。」

「一般偵查員不會同意的。對他們來說，事實比什麼都重要。」

「不然，就跟他們說明水聲啊？」

「水聲……？」

「蘆川和笹井一個字都沒有提到水聲，這太不自然了。」

「為什麼你連現場都沒看到，就能說這種話？」

「他們的說詞完全一致，簡直就像串好的。如果把他們兩人的話當作事實，就會變成這樣。」

根據青山的說明，事情是這樣的：

蘆川認為作業即將結束，便回到「第五照榮丸」準備回去。比其他人更早完成自己分內工作的笹井回到船上，在回程中發現屍體。笹井將此事告知在船上的蘆川，蘆川加以確認。

蘆川呆立了一陣子，但這時候另外兩位結束作業的潛水夫回來了，於是四人開始打撈屍體。

之後，蘆川通報警方。然後，依照電話中偵查員的指示，用他自己的數位相機拍攝屍體和現場。

「蘆川回到船上的時候，如果屍體在海上，他應該會馬上發現。但實際上發現的是笹井。所以，日野先生落海，是在蘆川回到船上之後、笹井回到船上之前。」

百合根想了想。就時間點而言，的確必須如此，否則就說不通了。

青山繼續說下去。

「物理專家翠小姐應該知道，當大約一個人那麼重的物體從港岸上掉進海裡，照理說會造成不小的聲音吧？」

「應該會大得嚇人。」

「可是，蘆川和笹井一句話都沒提到水聲。」

菊川說：「也許是浮在距離船有點遠的地方。這一點，還沒有向兩人確認過。」

「不，蘆川已經向我們明確指出屍體漂浮的地點了。」

菊川皺起眉頭。

「你說什麼……？」

「蘆川通報時，被偵查員要求拍攝現場的照片，而且，他也真的拍了好幾張照片。那些照片我們都看過了。還記得嗎？蘆川拍的那些說是現場的照片，每一張都是船就在旁邊的海面。可以確定就是在船緣拍的。」

菊川沉思片刻後說：

「屍體漂浮的現場，就在船旁邊。而日野落海時，蘆川應該就在船上……。但兩人一個字都沒有提到水聲。」

「很不自然吧？」

「也許只是沒被問到就沒說而已。他們兩人都想遵守『說不得』的規定。」

「他們不是想遵守規定，是想利用那個規定。」

「說利用，就有些出入了。」山吹說：「正確地說，應該是希望『說不得』的規定能夠有所護佑。」

「有所護佑……？」

「對。護佑，以及被護佑。我認為這才是這次命案的關鍵詞。」

聽山吹這麼說，菊川搖搖頭。

「拜託不要講得像在打啞謎。我想知道的是，是誰、基於什麼動機、怎麼殺人的。」

青山說：「我倒是覺得剛才山吹先生的話已經直指核心了啊……」

「不管有沒有直指核心，我就是聽不懂。水聲的事，要是去問他們，他們說聲『忘了講』就沒戲唱了。我們想要的，是確切的證據。」

「所以啊，收集證據是專案小組的工作不是嗎？我們能確定的，就只有兩件事而已。」

「哪兩件事？」

「一個就是，這是一起殺人案。第二個，蘆川和笹井說謊。」

第二天早上八點要開偵查會議，所以一行人七點便離開飯店。高木說早上會塞車，必須得提早出發。

專案小組是三十人編制，屬於小型規模。

最初由刑事部長致詞，接著介紹了ST。

百合根覺得偵查員的反應中立。既不冷漠，也說不上歡迎。

接下來是案情報告。

說明了由於赤城進行了解剖，確認是他殺。

進行說明的是安川搜查一課課長。報告完之後，便接受偵查員發問。

一個看似縣警本部的偵查員舉手。

「社務所的登陸許可還沒下來嗎？」

安川課長與守口係長小聲交談後，回答：

「我想今天之內就會下來了。」

另一個一看就知道是資深偵查員的刑警舉手。

「老實說，我們實在不想登上那個島……」

看來是宗像署的偵查員。

刑事部長說：「這是偵辦命案，由不得我們說這種話。」

偵查員彼此偷偷對望。

百合根心想，當地的風俗還真是個頑強的麻煩。

宗像署的偵查員應該也有身為警察的自覺。而他們平日一定也是現實主義者，畢竟很多警察都是這樣。

對他們而言，最不希望出事的地點，也許就是沖之島了。

這時候，青山說：「我認為沒有去沖之島的必要。」

所有偵查員都不約而同朝青山看去。

這番發言，不要說縣警的人，連百合根都大感驚訝。

安川課長問：「何來此說？不看現場，要怎麼偵辦殺人案？」

青山淡然答道：「現場不是沖之島。」

「你說什麼……。那到底是在哪裡？」

「殺人現場，恐怕就是『第五照榮丸』。」

偵查員個個竊竊私語。

安川課長問青山：「你有什麼依據？」

「一查就知道了啊。專案小組就是為了偵查才成立的吧？」

「我問的是你發言的依據。」

「這不是不可能的。」

刑事部長發言了，因此所有人都安靜下來。

「可能性很高，而且既然現在無法到島上，徹底調查船隻不是理所當然的嗎？」

安川課長問偵查員：「那艘船目前是什麼狀態？」

宗像署的偵查員回答：「應該是正常使用中……」

「沒有收押嗎？」

「以為只是運送屍體而已，所以……」

「鑑識不是上去過了嗎？」

「當然上去過了。可是，因為當初以為不是殺人案，所以沒有查得那麼詳細……」

「當初，大多數的人都以為是意外吧。」

青山一這麼說，安川便加以否認：

「沒這回事。我們是針對意外與蓄意這兩方面進行調查。」

「不，關係人當中，有幾個人企圖讓人以為事情是意外。聽了他們的說詞，偵查員老實說應該鬆了一口氣。因為大家既不希望神聖的島上發生殺人案，而且又有莫名的壓力。」

百合根為這番話捏了一把冷汗。

刑事部長問：「什麼？什麼莫名的壓力？」

青山回答：「承包工程的『下山建設』並不希望警方深入探查。而且，那家公司有縣警的OB。」

安川課長非常不悅地說：「這和『下山建設』無關吧。」

「怎麼會無關呢。把遇害的潛水夫介紹給外包的『蘆川土木』的，就是『下山建設』的土木課長牛久啊。」

安川課長一臉驚訝地閉上了嘴。

偵查員開始做筆記。

出現了一段沉默。

「我們特地請幾位遠從東京而來，便是希望你們對辦案提供建議。現在想藉這個機會，請幾位發表一下意見。」

百合根認為自己應該發言，但他實在不明白青山和山吹在想什麼。

於是他決定把這個場面交給青山。

他難得主動發言。

青山說：「關於發現屍體的狀況，通報者蘆川和第一發現者笹井有說謊的可能，所以首先這點要加以確認。」

專案小組再度被驚訝所包圍。

「有說謊的可能？」刑事部長問：「你怎麼知道的？」

「我們是根據生理徵兆和心理學的觀察看出來的。當然，我們也知道這在法庭無法作為證據，也不是百分之百都是對的。但是，我認為我們的準確率很高。而且，這兩個人的說詞有疑點，因此有調查的必要。」

「兩人的說詞有疑點？」

「對。」

青山說明了昨天提出的水聲問題。

偵查員都專注聆聽。

等青山說明完，刑事部長說：「光是這樣，很難判定啊……」

「我們並不是試圖證明什麼。是你們叫我們發表意見，這才提出意見而已。」

天底下沒有哪個偵查員敢對刑事部長這樣說話，因此偵查員都以看到什麼危險物品般的眼神看著青山。

「當然，必須證實那兩個人的說法。也要向其他作業員求證，調查兩人的說詞是否有矛盾。」

青山點點頭。

「呃——，『下山建設』在國外有分公司吧？」

刑事部長往安川看。安川回答：

「有的。在中國和澳洲應該都有分公司。」

「我認為應該查一下那個姓牛久的土木課長和國外分公司是不是有什麼特別的關聯。」

「為什麼？」

「不知道。」

「不知道？」

「可是，查了之後可能會發現什麼。」

刑事部長命令安川照青山所說的去安排。

部長開口，安川也不敢違抗。

百合根悄聲問坐在旁邊的菊川。

「查『下山建設』的國外分公司，能查出什麼？」

菊川臭著臉說：「我哪知道。」

只聽刑事部長說：「希望大家以剛才的意見作為參考，積極有效率地進行調查。」

聽了這句話，安川課長接著說：

「首先，羈押『第五照榮丸』。再次進行鑑識，徹底調查。最早那次的鑑識報告也要重新查過。然後，加派人手監視蘆川、笹井，以防萬一。還有，查訪所有關係人。」

接下來，以轄區的課長和守口係長中心，開始進行具體分組。

刑事部長走下講台，來到百合根這裡。

「係長是你吧？」

難得有人沒去找菊川。因為菊川更有架勢，大部分的人都以為百合根是部下。

「是的。ST都叫我頭兒，敝姓百合根。」

「聽說你是高考組啊。」

原來如此。

百合根明白了，高考組認得出同類。

「是……」

「我很期待ST的表現。」

「謝謝您。」

「先走了……」

百合根發現自己不知不覺立正站好。

刑事部長一走，安川課長便緊接著過來。

他的神情和刑事部長不同，實在說不上友好。

「竟然說『下山建設』的二階堂先生施壓，這種話我實在無法吞忍。」

「啊，不是的，那個……」

「我遲早會請你收回那句話。還有，要是查過『下山建設』卻什麼都沒查出來，也要請你們負起相應的責任。」

「好……」

百合根也只能這樣回答。

安川課長一個轉身，離開百合根。

14

百合根與菊川搭高木所駕駛的小巴，再次前往蘆川的事務所。

山吹也一同前去。

除了山吹以外的ST成員都留在專案小組。

這次只是要看神龕，不必整群人都去。

小巴停在「蘆川土木」前。

一下車，菊川便將四周掃視一圈，然後說：「那輛車，應該是監視的偵查員……」

百合根沒有立刻看出來，但凝神細看，停在那裡的一輛銀灰色車裡的確有人影。

蘆川今天也在事務所裡。多半是因為沖之島的工程中斷了吧。

「又來了啊……」

一見百合根等人，蘆川不禁一臉苦相。

菊川說：「今天真的不會耽誤您多少時間，只是想拜見一下神龕而已。」

「神龕……？」

「如果有的話……」

「有啊。在後面我的房間裡。」
「能看一看嗎？」
「當然可以……」
負責內勤的女性也一臉訝異。
山吹雙手合十行了一禮，細看神龕上的神符。
「果然是宗像大社的符啊。宗像三女神的神符。」
蘆川說：「我是宗像人，而且宗像三女神又是保佑交通安全的神明。我們從事的是港灣和道路的工程，就像這次這樣，和交通密切相關。所以，我一直崇信宗像大社。」
山吹對蘆川說：「虔誠的信仰是很寶貴的。我想您一定深受宗像三女神護佑。」
「請問，不好意思，您真的是警察嗎？」
「我雖然在警視廳工作，但家裡是佛寺。我也具有僧籍。」
「喔，原來如此……。那個……」

他好像有話想問，卻難以啟齒。

山吹說：「什麼事？」

「您說我深受宗像三女神護佑，是什麼意思？」

「就是字面上的意思啊。」山吹說：「神明不會虧待相信祂、敬愛祂的人。」

這句話，也是出自山吹之口才有說服力。

「嗅……」

不知為何，蘆川聽了這句話卻垂下了頭。

一回到小巴，菊川便問山吹：

「滿意了嗎？」

「是。」

「那麼我想問你，殺人案和神龕上的神明有什麼關係？」

「我認為，這案子的背後，存在著宗像大社，尤其是沖之島的沖津宮信仰。」

「你是說，殺人動機和信仰有關？」

山吹答道：「是的。但是，要先等偵查員帶回調查的結果，否則我不能多說。」

「你和青山都知道殺人案的真相了？」

「我想那不叫真相，只是知道為什麼會發生這起命案。」

「那麼是為了什麼而發生？」

山吹略加思索後說：

「多半是因為日野先生做了會觸怒神明的事。」

百合根細想他這句話。

意思是，死者因為觸怒了神明才遭到殺害嗎？

這究竟是什麼意思？

真相仍然混沌不明。

在偵查員回籠之前，ST眾人都顯得很無聊。

最無聊的是青山。他開始在長桌上以各種亂七八糟的角度擺放拆掉了釘書針的文件。

怎麼看怎麼亂。

終於，天黑後偵查員陸續回來。

晚間八點，偵查會議開始了。

偵查員會一一發表這一整天的成果。

首先由縣警本部的偵查員報告查訪的結果。

「綜合作業員的話，找不到否定蘆川和笹井說詞的材料。」

安川課長問：「也就是說，他們兩個說的是實話？」

「不，不是這樣的，是其他人什麼都沒看見。他們說，他們一直在工作，回到『第五照榮丸』時，屍體已經漂在海上了。」

「也就是不知道蘆川和笹井說的是不是實話了……」

「是的，但是倒是有一則值得注意的消息……」

「什麼消息？」

「有人看到笹井和日野在工作中爭吵。」

「死者和第一發現者曾發生爭吵……？」安川課長問。

開始開會之後仍一直不斷把桌面弄亂的青山，對這句話產生了反應。他盯著正在報告的偵查員看。

偵查員繼續說：「是的，據說是中午的時候。日野結束了海中的作業，和其他潛水夫交班的時候，笹井以嚴厲的口吻向日野說了什麼。」

「然後就吵起來了？」

「……嚴格來說，日野是採取不理笹井的態度。」

「其他還有什麼？」

「沒有了，就是這些。」

接著由鑑識人員報告。

「『第五照榮丸』的調查結果，在發給各位的資料中。在此口頭報告重點：船上驗出了多處魯米諾反應。」

所有偵查員一起朝向他看。

鑑識人員對這番反應似乎有點退縮，說：

「……不過，由於現場是漁船，也可能是附著了魚血。現在正針對驗出的血液反應進行分析，以確認其中是否含有人血。」

安川課長問：「要多久時間結果才會出來？」

「兩、三天左右。」

「催著點。」

「是。此外，也發現了數種衣物纖維和頭髮，但所有作業員都曾搭過這艘船，因此這些微量的殘留物無法作為犯罪的證明。」

這時候，翠小聲說：「如果能看到血跡的形狀，就能知道是在什麼狀態下附著的。」

菊川聽了她的話點點頭。

「等開完會去看看。」

「好啊，魯米諾反應晚上也比較容易看。」

百合根很在意青山的態度。

第一發現者笹井，曾以激烈的語氣對死者日野說了什麼。

這個消息也許真的相當重要。

但，青山卻一臉聽到關鍵的模樣。

本想問青山，但下個報告已經開始，百合根便先專心聽報告。

「我們想直接與『下山建設』的牛久土木課長談話，但對方表示這類事情都由公關部負責。」

一定是二階堂不讓他出來的吧。

百合根朝安川課長看去。

安川不發一語，等偵查員繼續報告。

「於是，我們決定等牛久課長下班再找他談。」

青山正專心聽報告。這也很難得。

偵查員繼續說下去：

「直接見面時問起日野，他承認日野確實是他介紹給『蘆川土木』的。

他說，兩年前曾承辦沖之島的工程，當時也用過日野。由於日野是個優秀的潛水夫，這次也介紹了他。此外，ST的各位要求調查海外分公司與牛久課長有無關係，我們也針對這一點發問，牛久課長表示一直到三年前他都被派在中國分公司。」

報告一結束，刑事部長便對百合根說：「今天一天的偵查，雖然收穫有限，但想問問你們的意見……？」

百合根回答：「呃……就目前這個階段，恐怕沒有什麼意見……」

「今天早上的小組會議，你們提出了相當深入的意見啊……」

刑事部長看向青山。

「我們接納了這些意見，進行查訪。如果了解了什麼，請發表一下。」

青山說：「我可以發表意見嗎？」

「請說，我們很想作為參考。」

「這次命案之所以會發生，就是因為沖之島是一個特殊的場所。」

刑事部長的雙眉之間出現皺紋。

百合根也不懂青山的意思。

刑事部長說：「能不能請你再說明得好懂一些？」

「日野盜挖了文物。笹井和蘆川得知之後，無法容許，於是在『第五照榮丸』上殺害了日野，將屍體拋入海中。然後，再找兩名潛水夫幫忙，重新將屍體打撈上船，通報警方……」

吃驚的表情在刑事部長臉上擴散開來。

百合根也很驚訝。

菊川也是以大吃一驚的表情看著青山。

所有偵查員動也不動，全神貫注聽青山說話。

只有ST其他四人不怎麼驚訝。

他們都很信任青山。

尤其是山吹，一臉了然於心的表情。

刑事部長對青山說：「的確是很好懂，但你這個說法的依據呢？」

「首先，笹井和蘆川就發現屍體、打撈通報的過程說了謊。再來就是，完全沒有提到日野落海的水聲……」

「光是這樣，無法認定就是他們的犯行。」

「我也考慮了種種其他的可能性。可是，這個說明最能解釋狀況。所以，我才會想知道他們兩人與宗像大社的關係。」

「我想，並沒有任何資料指出日野盜挖……」

「我說沖之島是個特殊的場所，並不是光指宗教方面。從那裡出土的東西，全都被當成國寶。也就是說，那裡到處都是寶物。既然島上的陸地上有，海裡應該也有。而如果是從海裡撿到的，就能夠視為不違反『不得帶走島上一草一木』的禁忌。」

「但不能因為這樣就……」

「我是依照演繹法而不是歸納法來分析的。就動機而言，可能性很多。我先不管可能性的大小，將一切可能的動機都列出來。盜挖只不過是其中之一。如果日野與『下山建設』毫無關聯，那麼我可能早就把這個可能性排除了。」

「與『下山建設』的關聯為什麼能證明他盜挖？」

「我不是說我是以演繹法來分析的嗎。我是這樣想的：要是他盜挖的話，什麼狀況才是有可能的？盜挖如果只是偷文物是沒有意義的，必須要可以換成錢。但是，個人恐怕無法變賣國寶級的寶物，尤其在國內更難。所以，我一度想否決盜挖的可能性。但是，後來我知道安排日野加入這次工程的是『下山建設』，而負責的是一個姓牛久的土木課長，這個牛久一直在中國分公司，三年前才回國。看吧？跟國外接上了。有了這條管道，盜挖的文物就能換成錢了。」

「你是說，『下山建設』幫忙銷贓？」

「可能是有計畫地安插日野。你看，兩年前不是在沖之島的工程時用過他嗎？也許當時也盜挖過，嘗到了甜頭。」

「可是，盜挖這種事……」

「我們山吹透過完全不同的途徑，也得到了同樣的結論。」

刑事部長往山吹看去。

「請說明一下。」
青山是坐著說的，山吹則是站起來，開始說明：
「在青山所說的沖之島的特殊性中，我是從宗教面、或說信仰的對象這個面向來考慮。當地人對沖之島的信仰十分虔誠，因此『說不得』、『不得帶走任何東西』、『不得擅自登島』的禁忌才會根深蒂固地延續下來。這阻礙了辦案，同時也代表了島上的禁忌保護了凶手。」
刑事部長皺起眉頭。
「你說的確實有道理……」
「因此，凶手非堅持這些禁忌不可。不僅如此，也讓我開始懷疑殺人動機或許與沖之島的禁忌密切相關。」
「為什麼？」
「死者日野先生與其他作業員是初次見面，不太可能有個人恩怨。」
「有可能是衝動殺人。」
「當然，這個我也列入了考慮之中，畢竟我不希望有人為了信仰而殺人。

然而，無論如何都不能不懷疑。至於契機，同樣是蘆川先生和笹井先生說了謊。」

「就像青山先生說的，你也認為那兩人是凶手？」

「是的，實在很遺憾……。於是，我推想他們兩人為何非殺害日野先生不可。」

「你剛才說是因為島上的禁忌？」

「是的。我推測，蘆川先生和笹井先生認為日野先生在島上做了不該做的事。至於是什麼樣的事……肯定是觸犯了那三個禁忌中的其中一項。也就是『不得擅自登島』、『離島後不得提起島上發生的事』以及『不得帶走任何東西』，這當中，我們能夠排除兩項。由於登島是獲得許可的，所以他並沒有觸犯『不得擅自登島』。而且案發時尚未離島，所以也不符合『離島後不得提起島上發生的事』。最後剩下的便是『不得帶走任何東西』這一項了，日野先生想必是觸犯了這個禁忌。日野先生的什麼行為，讓蘆川先生和笹井先生難以容忍，進而殺害他……？考慮到沖之島是座國寶處處的寶山，我想自然就有答案了。就像青山說的，他和我，以完全不同的途徑得到了同樣的結論。」

專案小組內部靜得連一根針落地也聽得見。

山吹以悲憫的神情繼續說：

「沖之島的禁忌，對蘆川先生和笹井先生而言，是與生活密不可分的信仰的一部分。蘆川先生的父親是宗像人，想必從小就是和傳說一起長大的。他也說他所從事的土木業，多與港口、道路等交通工程息息相關，所以他崇信同時也是交通守護神的宗像三女神。笹井先生的父親是漁夫，我想掌管航海安全的宗像三女神對他而言也有特別的意義。」

山吹入座之後，還是沒有任何人想發言。

經過漫長的沉默，安川說：「你們說『下山建設』涉及銷贓？證據在哪裡？」

刑事部長說：「找證據是我們的工作。搜查『下山建設』。去申請搜索令，有了搜索令，就算是縣警OB也不能妨礙調查了吧。」

安川沉默了。

刑事部長對安川說：「怎麼了？課長，不下令嗎？」

安川一驚，抬起頭來。

「立刻申請法院命令，對『下山建設』進行搜索並扣押證據。」

縣警本部的偵查員發問：「蘆川和笹井是否要拘提？」

「還早，要先掌握證據。還有，嫌犯有逃走的可能，對他們的監視絕對不能鬆懈。以上。」

這是宣告會議結束。

已經晚上九點多了，還是有偵查員準備出動。

雖然還沒吃晚飯，青山竟難得沒有發牢騷。

翠說：「我去看船上的血跡。」

菊川緊接著說：「我也一起去。」

15

第二天早上，眾偵查員已準備好，等著對「下山建設」進行搜索。他們等的是法院命令。據說法院負責的判事不願發下命令。判事認為只憑懷疑，證據不足。

刑事部長一聽便說：「好，我去交涉。」

百合根嚇了一跳。

從來沒聽說過本部的部長為了申請法院命令，要親自去法院的。

可見得部長對此案有多投入。

也許這可以說是地方才會有的作法。

或者，也可能表示不放心把事情交給深受「下山建設」二階堂影響的安川課長。

這個安川課長跑來問菊川：

「聽說你們昨晚去現場看了血跡……」

安川工作時力持平靜。

他對百合根撂下那樣的狠話，立場又很微妙，心情想必有許多起伏。

然而，安川課長與二階堂保持聯絡也不能說是瀆職吧。想給曾經照顧過自己的前輩一些方便，他的心情百合根不是不能了解。

百合根無意再責怪安川，倒是希望他能專注於偵查。

這也可以說是他的贖罪。

菊川要求翠發言。

翠一站起來，偵查員中便傳出讚賞的嘆息聲。她今天的服裝也相當清涼。

「『第五照榮丸』的甲板上出現了許多魯米諾反應。血液已全數清洗掉了，但還是出現了魯米諾反應。其中大多數是摩擦過的血跡，極可能是漁業作業中魚所留下的。但是，從中也發現了明顯有異的血跡。船的高處牆上，有水滴型血跡，而右舷船緣上也有放射型血跡。」

百合根心想，這樣的說明對偵查員來說便綽綽有餘了。

水滴型的血跡是血液噴濺時滴落在垂直或傾斜的牆面形成的。而放射狀血跡則同樣是噴濺的血液，但滴落在水平或接近水平的平面上。

翠繼續說明：

「這類血跡，是人體上半部，也就是頭部等處血液噴濺時形成。解剖死者的結果，推測死因是頭部後側遭鈍器擊打。這些血跡與解剖的結果吻合。」

偵查員的眼神變了。

看得出他們對翠的興趣，已經從她的服裝轉移到她說話的內容。

菊川說：

「據笹井和蘆川的說詞，是笹井發現漂浮在海面的屍體後通知在船上的蘆川，但這很不自然。若日野遭到殺害是在蘆川回到船上之前，蘆川不可能沒有注意到屍體，也應該注意到血跡才對。」

安川課長說：「換句話說，船上那些血跡……」

菊川點點頭。

「證明了犯案現場就是在『第五照榮丸』上，而行凶的，是笹井或蘆川，或者兩者聯手。所以，他們才都沒有提到屍體落海的水聲。」

本來一直在準備出門的刑事部長說：「盯緊蘆川、笹井。」

安川說：「已派偵查員輪班監視。現在要申請逮捕令還很困難。」

「繼續搜查進一步的證據。」

刑事部長一站起來，所有偵查員也一同起立。

ST的戲分已全數告終。

然而，卻沒有人有退出專案小組的念頭。

專案小組開始忙碌。聽筒此起彼落，字條不斷送到管理官桌上。

上午十一點左右，搜索令及收押令下來了，消息傳到專案小組，偵查員已進入「下山建設」。

百合根對菊川說：「不知道能不能找到涉及銷贓的證據？」

「我看是很難。不過，搜索是有意義的。」

「表示警方已經知道這個事實。」

「對，這會給對方造成壓力。」

緊接著，響起安川課長的聲音。

「你說什麼？蘆川他……？」

百合根朝聲音的來處看。

安川正在接電話。

「好。我等著。」

看他放下聽筒，百合根便問：「蘆川怎麼了嗎？」

山吹顯得一臉擔心。

安川課長回答：「他去找負責監視他的偵查員，說關於案子，他有話要說……。」

「會是什麼話呢？」

「總之，先聽再說。」

只能等偵查員了。百合根這麼想。

過了四十分鐘，蘆川被帶到宗像署。

開始偵訊了。

負責偵訊的，是一名老練的偵查員。

百合根他們只能等候結果。ST的成員也幾乎沒有交談，靜觀其變。

「他招了。」

開始偵訊後約一個鐘頭，消息傳進了專案小組。

菊川問趕來通知的偵查員。

「蘆川坦承犯案了嗎？」

「是的。內容與ST的幾位所說的，一致得驚人。」

在場的偵查員都看向青山。

青山卻是已經毫不關心的樣子。

菊川說：「告訴我他供認的內容。」

「是……」

偵查員簡潔地說明了內容。

他們得知日野從海中帶回了一小尊馬的石像，是在上午作業結束時。最先發現的是笹井。

笹井強烈抗議，但日野不聽從，仍要把那尊石像帶回去。笹井和蘆川想設法阻止。

笹井和蘆川把日野叫到無人的「第五照榮丸」，試圖說服他。但日野還是不願意聽從。

兩人在此時得知日野已說好要將盜挖的東西交給「下山建設」。

而且，日野還說沖之島的傳說不過只是迷信。

兩人認為這是褻瀆神明。

雙方激烈爭吵，最後還打起來。

那時候，笹井拿作業用的鋤頭從日野後方打了他。

鋤頭打中日野的後腦。他當場死亡。

其後，蘆川著手湮滅殺人痕跡。

將日野的屍體扔進海裡，把血沖乾淨。那把凶器鋤頭則是扔進海裡。

然後，與返回船上的兩名潛水夫共四個人一起打撈屍體、報警。

青山的推理完全命中。

雖然每每如此，百合根還是感到驚訝。

菊川對青山說：「你的推理正確得好像親眼看到似的。」

青山聳聳肩，說：「那是邏輯自然而然的歸結。我說，我們的工作結束了，走了啦。」

偵查員說：「請問……蘆川說想見一位師父，幾位知道是什麼意思嗎？」

百合根說：「喔，那是指我們山吹吧。」

山吹點點頭。

「我這就去。」

「那個……」百合根說：「我也可以一起去嗎？」

山吹說：「頭兒肯來，我也安心。」

在偵訊室裡的蘆川，看來活像一下子老了十歲。

眼睛充血發紅，人中那裡也有點濕亮。

百合根曾聽說，嫌犯落網時，都會眼淚鼻涕齊流。

百合根與山吹進了偵訊室，蘆川仍是頭也不抬。

山吹對他說：「聽說你要找我……」

蘆川緩緩抬起頭來。

「我全都說了。」

「是。」

「其實，我已經什麼都不在乎了。本來就因為不景氣，工作變少，公司也周轉不過來。我真的什麼都不在乎了。」

山吹默默聽著。蘆川繼續說：

「然後我又幹了這種事。我心想，我只有死路一條了。在這時候，你對我說，宗像三女神一定在護佑著我……」

山吹說：「我是真心的。」

「因為那句話，才讓我決心來自首。」

本來，在事發之後自行向相關單位申告才叫作自首。所以嚴格來說，這個狀況並不算是自首。

但，蘆川確實是自行投案，所以也許有酌情量刑的餘地。

「您瞧……」山吹說：「宗像的神明果真護佑了您啊！」

蘆川望著山吹，眼中再度泛淚。

他向山吹深深行了一禮。

16

憑著蘆川的供認，以及「第五照榮丸」的血跡，警方申請了蘆川與笹井的逮捕令。

當天之內，蘆川的逮捕令便在偵訊室執行，笹井也被逮捕。

在太陽下山的同時，「下山建設」的搜索也完成了。偵查員雖已收兵，但目前並沒有什麼收穫。

接下來，便要徹夜清查收押的文件等物了。

高木對百合根說：「我送各位回飯店。」

「可是，專案小組要徹夜趕工吧？」

高木露出一絲微弱的笑容，說：

「託各位的福，我們得以逮捕殺人案的嫌犯，『下山建設』的事也已有了確鑿的證據。這是我該做的。」

「一點也沒錯。」青山說：「我們留著也幫不上忙了，最好還是先回去。」

明知道青山說的沒錯，但只有自己這幾個人早早離開，百合根總有些過意不去。

菊川說：

「『下山建設』的事我當然也很關心。但是，要掌握銷贓的證據也許很耗時。我們終究是出差，必須回東京。剩下的，就只能交給縣警了。」

「我知道了。」百合根說：「但是，至少讓我們待到明天。」

一行人搭小巴回到博多的飯店。

一想到熬夜辦案的偵查員，百合根實在無心享用晚餐。

「這多半是我們在博多的最後一晚了。」赤城說：「就如青山的願，到中洲的路邊攤去看看吧。」

這句話由總是以獨行俠自居的赤城口中說出來，十分難得。

百合根深知，他比任何人都加倍關心成員，只是沒有表現出來。

赤城是以他自己的方式向青山和山吹表示慰勞之意。

是啊，ST這次也表現出色。大可抬頭挺胸，好好享用晚餐。這時候，身為頭兒的自己不能苦著一張臉。

「好啊。」百合根說：「那我們就去路邊攤吧！」

在高木的嚮導下，他們又來到了中洲。

青山提議多去幾攤。雖然看不出來，但他的酒量其實很好。

以啤酒潤了喉之後，百合根對山吹說：

「最不希望是犯罪者的人們，最終仍成了嫌犯……」

山吹的神情與平時沒有兩樣，說：

「如果人心的黑暗造成了犯罪，掃除那片黑暗的，同樣也是人心。」

這句話，讓百合根深感得到救贖。

第二天，百合根帶著輕微的宿醉，於上午八點來到宗像署的專案小組。飯店已經辦好退房手續，他是直接帶著行李過來的。

偵查員仍持續調查收押的文件。

想必是從昨晚就一直努力到現在。

百合根問安川課長：「情況如何？」

安川也和其他偵查員一樣，臉色疲憊不堪。

「情況不是很樂觀。銷贓的紀錄也不見得會留在公司……」

「原來如此……」

的確，要證明可能需要時間。

專案小組內部被沉悶的氣氛包圍。

在上午十點左右，這氣氛才為之一變。

二階堂帶著一名男子，在專案小組現身。

百合根和菊川不禁對望一眼。

二階堂說：「喔，警視廳的幾位還在呀。」

他是來做什麼的呢？

百合根很訝異。

他會不會是來妨礙辦案的？也許是來抗議這是不當搜查。

安川課長說：「您來是為了？」

二階堂對安川課長說：「你已經知道他了吧？」

「這是哪位？」

「我們公司的木土課長牛久。」

安川課長的臉色變了。

百合根也覺得自己的臉色變了。

二階堂略頓了會兒，然後說：「關於盜挖文物銷贓一事，他會把一切說清楚。」

「您說什麼？」

「他說，他過去的確曾經接收潛水夫日野盜挖的文物，拿到中國轉賣。

由於售價驚人，所以當日野再來找他談盜挖的事時，他難以拒絕。」

「所以你們把國寶賣到國外？」

「放心吧，上次那個不是沖之島的國寶。事後調查才知道，是在大島近海碰巧發現的石像，也不知道是什麼時代的物品。這次在沖之島的盜挖以未遂告終，國寶並沒有外流。」

「牛久課長願意把一切說出來？」

「是我說服他的。」

安川睜大了眼睛。

二階堂說：「趁牛久還沒有改變心意，趕快把事情問清楚吧。」

聽到這話，安川趕緊命令偵查員將牛久帶進偵訊室。

菊川走向二階堂。

「現在不是以保護公司優先了？」

二階堂打量著菊川，並說：

「當立場不同，難免會對立。我記得你曾對我這麼說過吧。對，我現在的立場是應該要保護公司才對。」

「為了達到目的，您才說謊是嗎？您曾說，您不知道死者日野。」
「我對盜挖一事毫不知情，這是真的。我只知道日野透過我們公司的介紹加入了工程。但是，我認為應該加以隱瞞。我這麼做完全是為了公司。」
「那麼，現在為什麼……？」
「保護公司，並不代表要抹消舞弊和犯罪。我曾是警察，而現在也仍與縣警關係深厚。我不會對壞事視而不見，身為警察的驕傲仍殘留在我心中。」
菊川注視著二階堂。然後，露出一絲微笑：
「前輩，我要向您致敬。」
這時候，一名接電話的偵查員以微妙的表情報告：
「那個……。宗像大社的社務所打電話來……。說准許我們登島了……」
安川說：「現在才許可……」
百合根問山吹：「要去嗎？」
山吹搖搖頭。

「神聖之島最好盡量不要去打擾。」
聽到山吹這麼說，安川對手持聽筒的偵查員說：
「雖然想盡量不要去打擾，但我們不得不去。我們必須找到凶器鋤頭。今天之內就開船過去，這樣轉告他們。」
百合根想像了一下偵查員個個光著身子淨身的模樣。

ST完成了所有的任務。
離開專案小組，上了小巴。偵查員都出來送行。
令人驚訝的是，刑事部長也在其中。
百合根大為惶恐。
臨別之際，刑事部長對百合根說：
「ST的表現超乎我的想像。」
「不敢當。」
「話說回來，你是高考組的吧。怎麼會甘心屈居於這麼一個小單位的係長？」

百合根微微一笑。

「也有這樣的高考組。」

「要不了多久，你就會頻繁調動了。」

「在那之前，我會在ST好好努力。」

刑事部長儘管露出難以理解的神情，仍說：

「是嗎。也好，你就好好幹吧。」

小巴出發了。

青山今天格外安分，但看樣子他是宿醉了。

翠也有點懶洋洋的。

山吹也許正在回顧這次出差。

黑崎則是一如往常地沉默，挺直了背脊望著窗外。

赤城雙臂環胸，閉著眼睛。

一抵達機場，翠就說：「我還是不想搭飛機。」

老對話又開始了。

赤城說：「真是有夠麻煩。就算要給妳打鎮靜劑也要帶妳上飛機。」

「不要嚇人好不好。」

這樣的鬥嘴想必還要持續一陣子。

但最後翠還是會和大家一起上飛機。

然後，也許又要菊川握住她的手。

福岡出差順利結束了。

以後還會像這樣和他們一起旅行嗎？

百合根想起自己剛才對刑事部長說的話。

在調動之前，要在ST好好努力。

那的的確確是他的肺腑之言。

娛樂系 036

ST警視廳科學特搜班：沖之島傳說殺人檔案

作者 今野敏
譯者 劉姿君
責任編輯 小調編集
美術設計 POULENC
書衣裡插畫 chocolate
編輯行政 高嫻霖
發行人 林依俐
出版 青空文化有限公司
100台北市中正區忠孝西路一段50號
22樓之14
讀者服務信箱：service@sky-highpress.com
總經銷 大和書報圖書股份有限公司
電話 02-8990-2588
印刷 前進彩藝有限公司
出版日期 2019年10月 初版一刷
定價 280元
ISBN 978-986-97633-2-5

國家圖書館出版品預行編目(CIP)資料

ST 警視廳科學特搜班：沖之島傳說殺人檔案 / 今野敏著；
劉姿君譯. -- 初版. -- 臺北市：青空文化, 2019.10
256 面； 10.5 x 14.8 公分. -- (娛樂系；36)
譯自：ST 警視庁科学特捜班 ： 沖ノ島伝説殺人ファイル
ISBN 978-986-97633-2-5(平裝)
861.57 108014440